사랑한 만큼 꽃은 피는가

윤무중 시집

시음사
시사랑음악사랑

of call is not shown here.

QR 코드   스마트폰으로 QR 코드를 스캔하면 시낭송을 감상할 수 있습니다.

제목 : 세월의 흐름은
　　　　막을 수 없어도
시낭송 : 박영애

제목 : 먼 동
시낭송 : 최명자

제목 : 풀의 노래
시낭송 : 박영애

제목 : 사랑한 만큼 꽃은 피
시낭송 : 박영애

제목 : 석양에 비친 자화상
시낭송 : 김지원

제목 : 당신을 사랑합니다
시낭송 : 박영애

제목 : 갈잎과 눈
시낭송 : 박영애

제목 : 미움
시낭송 : 김지원

제목 : 화문석
시낭송 : 박순애

제목 : 서로를 알아주는 삶
시낭송 : 박태임

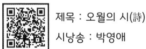
제목 : 오월의 시(詩)
시낭송 : 박영애

제목 : 여름의 길목
시낭송 : 박영애

제목 : 일상의 밀어
시낭송 : 박순애

제목 : 11월의 상념
시낭송 : 박영애

제목 : 무언의 폐차장
시낭송 : 박순애

시인의 말

  우리는 한평생 사는 동안 모든 일이 자기 생각대로 된다면, 아마도 후회 없는 삶이 될 것이다. 우리는 가끔 실망하고 방황하고 후회하는 일들이 많다. 그래서 실패한 삶, 재미없는 삶을 살 수밖에 없고 짜증스런 일들을 겪게 된다. "행복이란 무엇인가?" 우리는 가끔 이를 생각해 보지만, 사람마다 생각이 다를 것이다.

  나는 시가 무엇인지 알면서부터 왜 진작 시를 쓰지 않았나 하는 아쉬움이 있었는데 나이가 들어 시를 쓰는 것도 어설프기만 하였다. 그러나 삶의 역경과 경험을 토대로 나름대로 느끼는 진실한 생각을 이끌어 낼 수 있으니 더 좋지 않겠는가, 시는 잘 쓰고 못쓰고를 떠나 순수한 마음으로 느끼는 감정과 함께 눈에 보이는 것, 귀로 들을 수 있는 것 등, 모든 사물에 대한 생각을 시어로 표현할 수 있다는 자체가 행복한 일이 되지 않을까.

  생활 속에서 보고 느끼는 것들에 대하여 시를 쓸 수 있다는 자체가 행복이고 표현할 수 있다는 것이 정신적인 양식이 되니 감사하다.

> 시는 그림자와 함께 있다　　　안개 낀 호수처럼
> 어둠이 와도 옆에 남아 있고　　비 온 뒤 맑아진 계곡 물처럼
> 언제나 빛과 함께 있다.　　　　시는 진실의 그림자로 남는다.

  여기에 그동안 써왔던 시들을 모아 시집을 발간함에 기쁘다. 독자 여러분께서 많은 관심을 갖으시고 저와 공감할 수 있기를 바랄 뿐이다. 이를 계기로 독자와 가까워지고 소통할 수 있다면 얼마나 좋을까,

2018년 7월
시인 윤무중

1부

세월은 하늘 징검다리

나 목 (裸 木)

공간의 무성함을 뒤로
산골짜기 배곯아 발버둥 치고
이제는 메말라 버린 몰골
그 많던 산새들 찾지 않네요

깊은 잠 재우려
산들바람 귓가에 찾아오지만
서러움 복받쳐 잠들지 못하네요

뿌리째로, 덩굴 채로, 떠날 준비에
몸뚱이만 그림자에 실었으니
돌아보지 마소,
언젠가 만날 테니 눈물 보이지 마소,

얼싸안고 위로하며
그 시절 생각에 눈시울 적시네요

옛살비 감나무

어릴 때 옛살비 감나무
잎새 피고 꽃 필 무렵 은은한 감꽃 내음이
나를 키웠다
그 여름 한낮 감나무 그늘은
나에게 꿈을 안겨 주었지
옛살비 뒷뜰 늙은 감나무 두 그루,
한 자리에서 쌍둥이로 자란 감나무
양손 뻗어 둥치에 발가락 붙여 오르면
잎과 꽃이 내 콧등을 간지럽히고
파란 하늘이 성큼 다가오는데,

난 어릴 때 높은 곳에 오르길 좋아했다
나뭇가지 사이로 네 군데에 막대를 묶고
널판지를 얹어 다락방을 만들었다
감나무 꼭대기 파란 하늘과 흰 구름과 바람은
내가 술래 되어 숨바꼭질하였지

감나무는 지금도 내 옛살비를 지킨다
지금도 술래잡기를 하던 감나무는 짝이었던
나를 기다리고 있겠지
언젠가 늙어 죽을 쌍둥이 감나무는
하나밖에 없는 내 동무였다
지금도 파란 잎이 돋고 꽃이 피겠지,
지금 그 다락방엔 누가 누워 쉬고 있을까,

가을은 가는데

스산한 바람과 따뜻한 햇볕이
내 곁에 남아 있는데
갈바람에 멀어지는 너를 보내지 않으려 했건만,
홀로 늦게 피었다 외롭게 시드는 들꽃들이
안개구름에 싸여 가을 들판에 내리면
아쉬움이 사무치겠지.

울긋불긋 단풍잎 하나 둘 떨구는 그 매정함이
아쉬움보다 괴로움을 삼키며 떠나 보내는데
쓸쓸함이 사라질 수 있을까,
가을은 가는데 변함없는 그 모습
내 안에 깊숙이 박혀 이별의 고통을 전한다.

마지막 잎새와 함께

너의 날갯짓은 계절의 용사가 되고
시간을 접는 매듭이 되어
두 팔을 높이 치켜든다,

잎이 하나씩 떨어질 때,
아쉬움과 회한이 있었지만
가야만 할 여정으로 여겨 후회 없는
발걸음으로 멈추지 않았다

열두 개의 잎이 필 때 두근거린 가슴으로
밤새워 새벽만을 기다렸었지,
꽃 피는 설레임도 있었다

땅에 떨어져 흙이 될 때는
얼굴에 그늘이 드리웠지만 행복했었다

마지막 잎새는
아쉬운 징검다리를 건너고
마지막 하나가 떨어질 때까지 님을 맞는
기쁨으로 생각하리라,

고향 집에 오는 날

오랜만에 고향 집을 찾았다
집 주인이 없어서인지 잡목들이 주인 노릇 하고 있다
이년 전 어르신들이 이곳에 이사 오실 때
서먹하고 낯설어 망설이셨는데
이젠 자리 잡으신 듯하다
내가 올 집도 새로 마련했다지만,
왠지 아직 관심 밖이다

언젠가 이곳에 올 때쯤엔 고향 집은 더 정다워지겠지
나는 먼발치에 보이는 고향 빈터와 앞산 능선에
손을 번쩍 들고 있는 마지막 남은 삐쩍 마른 소나무와
말벗이 되어 날개를 접을 것이다
그때쯤 개울에도 물이 흐르고 까치들도 반가워하겠지,
난 그냥 덩그러니 몸만 오면 되겠다.
고향 집의 아늑한 옛정,
가족들의 애틋한 사랑을 느끼면서,

한강은 다시 흐른다

큰물, 우리의 젖줄
북한강 위쪽 야트막한 산 밑
맑은 물꼬를 터 담겨진 수조(水槽,)
사방에서 모여 모여 잉태되어 흐른다

북한산, 인왕산, 남산을 품고
마포나루 머물 적에 물줄기 휘돌아
여의에 쌓이니 섬이 되고
큰 줄기 흘러 흘러 서해로 나가
큰 세상을 만났다.

그 얼마나 가슴 멍들고
오금 저린 일들이 많았던가.
흐트러진 몸을 추스르고
자유와 정의를 위해 사악(邪惡)의 무리를
저 푸른 강물 속에 던져 버렸던가.

한강은 세계로 가기 위해
지금도 거세게 흐르고 있다
21세기 새로운 물결, 웅대한 깃발처럼,
한 민족의 정기를 담아 자유로운 혼으로
한강은 다시 흐른다.

대나무 회상(竹想)

우리 고향은 대나무가 아주 귀한 동네였다.
추위에 대나무가 자라지 못했기 때문이다.
대나무가 있다 해도 추위에 강한 가느다란
시나대(山竹) 밖에 없었다.

"농자천하지대본(農者天下之大本)" 큰 깃발을 세우고
풍물(농악대)패가 색동 옷과 흰 고깔모자를 쓰고
집집마다 마당과 집 주변을 한 바퀴 돌며 온동네를
누비며 풍년과 만수무강을 빌던 때, 큰 대나무 장대 끝에
장끼 꼬리털을 묶어 달고 힘 좋은 장정(壯丁)이 한 손으로
들고 다닌 깃발, 그 깃발을 매단 깃대가 유일한 커다란
대나무다. 이 깃대는 동네 제1호 보물로 대접을 받아
정초에 행사가 끝나면 곧장 길옆 초가집 처마 밑에
정성스레 매달아 놓고 여름을 기약한다

그 후 대나무의 신기한 모습을 보고 울타리에 심기로
하였다. 초등학교 4학년쯤 하교시 동네에서
대나무 뿌리 하나를 뽑아 집 울타리에 심었다.
울타리에 심어논 대나무가 자라고 사방에 퍼지고
무성해져 지금은 없앨 수 없을 지경까지 되었다.

세월의 끝이 어딜까?

옛날 그 처마 밑에 매달아 놨던 커다란 대나무는 아니지만,

제법 큰 대나무가 무성하게 자랐고 울타리 전체로 번져

큰 대나무 숲을 이룬 것은 아버지의 곧은 성격과

선비의 엄격함과 겸허한 성격의 의지를 비추게 되고,

어머니의 넓은 포용력과 굳은 마음은 물론

곧은 절개와 희생정신을 배우게 된다.

온 동네의 화목과 이웃 공동체적 삶의 형태를 부여한다

그때의 공동체에서의 단합과 인정이 사라진 지금,

그 대나무의 의미를 되새겨보고,

그때가 더 그리워짐은 무엇 때문일까.

문 고 리

창밖에 보이는 나무 잎새
밤사이 내린 비로 흠뻑 젖어도
차디찬 바람에도 용케 버티었다

한여름 뙤약볕 그늘에서
쓰르라미 울부짖던 곳
앙상한 가지에 잎새 몇 개 남았다

겨울은 또 하나의 시련이련만
누구를 위한 강한 구도자인가
캄캄한 밤이 되면
누구나 쉽게 손에 닿을 수 있는
문고리가 되고 싶다

갈대 숲을 지나며

갯가에서 서로 부둥켜안고
흐드러진 네 몸은 너무나 애처롭구나
험한 곳에 태어난 서러움 때문일까
고달픈 삶의 시련 때문일까

생기있는 화려한 자태에
여유 있는 몸짓은 어디에 버리고
생을 다한 것 같은 떠돌이로 변해 버렸느냐

한밤 무겁게 짓눌린 어둠에 먼동이 틀 무렵
어렵사리 햇살과 마주한다면
새롭게 너를 반기리라

이런 서러움은 진흙밭에 태어난
서러움 때문인가
범 속의 모순을 버리고 흔적을 지워
떳떳하게 새로 태어남을 기원한다

내 곁에 핀 아름다운 꽃

내 곁에는 아름답고
가시 돋친 하얀 찔레꽃이 있었다
슬기로운 혜량을 가졌던 그 꽃
이 세상 누구보다
아름답고 청아하기만 하였지

자신에게는 냉철하고
남에게는 다정하였으며
이웃엔 한없는 정을 베풀어
삶의 여정이 희생으로 점철됐던 그 꽃

또 내 한 곁에는
양손에 손잡이를 움켜쥐고 수레를 끄는
지혜와 행복을 꿈꾸며
비탈길에서 꼿꼿한 자세로 핀 그 꽃
아름답게 핀 흰 장미꽃,

그 꽃들은 지금까지도
꼭 닮은 모습과 색깔, 가시 돋친 모습에서
내 곁에 핀 아름다운 꽃들이다
활짝 핀 채로 향기 품은 사랑의 두 꽃은
내 안에 영원히 남아 있으리.

와 송 (瓦 松)

비 오면 가두고 마르면 내보내고

기와지붕에 의탁해
오로지 땅속 저수조 같나니
생을 여는 절개는
천년송(千年松) 같더라

세월이 허무하고
인간이 무상하고
세상을 아울러 함축한 기세다.

네 옆에 어머니가 계신다
미령(靡寧)에 고통을 너에게 매달려
사방 높은 기와지붕만 헤매었으니
오래 머무르셨을지 모른다
가난의 굴레에서 움츠렸을
일생을 머금은 자리에
아직도 한스러움 남아있을까

단단한 기와 틈새, 빈집에
생기 오를 때
고가(古家) 그늘에 빛을 드리우고
허기진 공간을 채운다

내 곁에 머문 자리

추위는 아직인데 데워진 방 아랫목,
엄마는 몸조리로 누우셨네.
애기를 백일 전 떠나보냈을 때,
얼마나 슬퍼했을지 난 몰랐네

젖이 퉁퉁 불어 괴로워하시던,
난 며칠 굶은 것도 아닌데
당신의 아픔을 잘 모를 때였지만,
눈물을 어렴풋이 삼키며
가슴을 파고들었네

파도처럼 밀려오는 사랑의 체취
성스러운 젖무덤의 따스함은
수몰된 고향 집처럼 아련하였네

동구밖에 싸리 빗자루로 쫓기던
막내아들을 세상에 남긴 당신,
그때의 기억을 지금까지 가두었으니
애련한 향수는 앙가슴에 담았네.

내 곁에 머문 자리, 머물었던 자리,
짙은 젖 냄새가 저녁노을처럼
내 눈앞에 뚜렷하게 펼쳐지네.

어느 날 한강 고수부지에서

뜨거운 볕이 강물에 부딪혀
아파트 창에 머물더니 내 얼굴에 스며듭니다

하얀 메밀꽃 향기 우수수 날릴 쯤
낚시꾼의 시름을 달래어 보며
서울을 동서로 가로지른 한강은 유유하고
철새는 햇살 딛고 허공에 오릅니다

하이킹족들의 힘찬 발걸음
번개같이 여름 숲을 힘차게 달리고
저 건너 정박한 작은 배는
흰 물결에 기대어 흐느적거립니다

그 시절 잠든 곳은 어딘가

산에 오르면 그때 그 시절에 눈을 감는다
맑은 물소리, 소슬한 바람 소리
산속에 깊이 잠든 산사를 깨운다

아래쪽 쉼터 옹기종기 앉아
친구들과 노래 부르는 재미로
잠도 잊은 채 지냈던 그 날은
내가 찾은 어느 여행보다도 맛있는 맛집이었다

선생님과 함께 찍은 사진 속 어린 마음도 찍혔다
까까머리, 햇볕에 검게 익은 얼굴과 내 꿈이
하늘을 날던 그 날이었는데
지금은 바람 결이 되어 나를 잠들게 한다

어느덧 육십여 년 지났건만,
개천에 흐르는 물과 흰 구름에 발을 흠뻑 담글까
발 씻고 안식처에 잠들어 볼까나.

어머니 눈빛

따스한 보금자리, 어머니 눈빛
자식과 삶의 본질을 이끌고
세상살이 힘든 고비 견디며 자신에게 엄격했음을
지금 느끼는 것은 무엇 때문일까
다시 볼 수 없는 어머니의 눈빛이어라

따스한 입김이 거기에 남았고
앞마당 의자에 걸터앉아 주고받은 마지막 이야기
아직도 또렷이 귓전에 흐른다

어머니의 눈빛은
삶의 고단함보다 사랑과 정을 이끈다.
고독하고 외로운 시간을 묵묵히 보냈던 그 시절,
지금의 보고픔을 키웠으리라
그립고 그립다.
따스한 눈빛, 어머니 눈빛,

세월의 흐름은 막을 수 없어도

시간이 흐르면 세월도 흘러
세월이 가면 나도 가는데
가고 흐르는 것 막을 수 있을까,

북풍한설에 그립던 무더위가
막상 태양이 열기를 식혀갈 무렵
널따란 강가에서 석양을 바라보면
내가 여기에 있음을 알게 된다

내 곁에 부르는 시원한 바람에
하루에 지친 나를 달래주고
세월에 찌든 땀방울을 날린다

세월의 흐름은 막을 수 없어도
내가 서두름 없이 그들과 어울려
위로하고 기대면서 함께
편안한 길을 가고 싶을 뿐이다

제목 : 세월의 흐름은
　　　　막을 수 없어도
시낭송 : 박영애
스마트폰으로 QR 코드를 스캔하면
시낭송을 감상할 수 있습니다.

24

보문사에 머물다

봄볕이 천년와송에 내려 대석굴로 보살을 내주어
중생 소원을 터주니 한숨은 서해로 떠나보낸다

흥망성쇠 함께 지켜온 초목의 결의로 피고 지는데
끝없는 여정에 고달픈 육신이 힘겨워도
일어설 수 있어 고맙다

서해의 간만이 세속을 씻어 석양 그늘에 비추니
아침의 참뜻을 전신에 바쳐 지극 정성을
바위에 새겼으리

세파를 피하려 바다로 해풍에 바위를 뚫어내니
그 빛이 훗날에 생명의 근원 되어
여기에 묻어버린 가련함일까

그 날

가난과 억압의 시달림, 힘들 때
셋째 아들을 낳으셨으니
얼마나 기뻐하셨을까
황망한 앞길에 버거운 마음이
자식들 때문에 견디셨지요

자식이 칠십 중반이 되었으니
불효의 길은 끝이 없었고
고통보다 편안함, 질주보다 서행,
의욕보다 배려를 선택하셨지요

그 날, 귀빠진 날,
매년 찾아오면 삶의 뒷전을 돌아보는 듯
그 날이 온다 해도 내 인생 길은 같다

플라타너스 환상(幻想)

오늘은 그날처럼 눈 내리고 춥다
눈이 쌓여 나뭇잎과 범벅이 되고
휘날리는 모래알과 함께 마른 열매를
끈질기게 매달아 학교 운동장에서 떨고 있을
플라타너스여,

아직도 그곳에서 너의 절박함이 안쓰럽고
회한을 두 손에 움켜쥔 채 갈 곳 잃어 헤매는
플라타너스여,

왜 이렇게 추억은 쉽게 잊혀지지 않고
현실은 순간을 망각하는가
냉혹한 세상에 오직 내가 믿고 만나보고 싶은
플라타너스여,

아직도 스승을 찾아 헤매련만 너만이 굳건히
제 몫을 하고 있구나.

함께 뛰놀던 운동장으로 가고 싶다
눈 덮힌 들판에 가 미끄럼 타고 싶다
그리고 나는 그곳에서 아직도 버티고 있는
플라타너스가 되고 싶다, 플라타너스여,
내 스승 찾아 그 시절로 가고 싶다

어머니 손길

고향 집 뒤뜰 감나무 한 그루
찬바람 불어 잎을 떨군 후에야 홍시로 주렁주렁,
이때도 떫은맛은 남았다

'감이 왜 이 모양이여!' '종자가 나쁜 겨?'
'맛이 없어 거들떠보는 사람도 없고
 감꼭지도 잘 떨어지지 않네'

늦가을 어머니는 장대로 감을 따서
마른 수수깡을 엮어 사이 사이에 감을 넣고
새끼줄로 묶어 뒤꼍 처마 밑에 세워 놓는다
겨우내내 얼었다 녹았다, 또 얼고,

겨울밤 그 달콤하고 사각 사각한 감 사탕,
어떤 맛과 비교할 수 있을까
추운 계절, 고향 집에만 있는 아이스 홍시
차디찬 집 뒤꼍, 그곳의 어머니 맛,
잊지 못할 어머니 손길,

젊음의 노래

초록빛 싱그럼이
사방에 흩어지고
물보라 뿜어내는
풀내음 상쾌하네

확트인 푸른전경
빼곡한 산천초목
사계절 다르지만
다같이 좋아하네

엊그제 젊은시절
아직도 아른거려
나에겐 잊지못해
눈앞에 떠오르네

이계절 다가기전
목청껏 소리치고
자연의 아름다움
활기찬 젊음찾자

세월은 가고

어디선가 질곡의 소용돌이
들릴듯한 은은한 메아리
새벽하늘엔 기품이 넘쳐
햇살도 새날에 기지개 켠다

사방에 잉태하는 무언의 소리
생의 기쁨일까 울부짖음일까
가슴에 움켜쥔 벅찬 고동이
화사한 차림으로 깃드는구나

세월의 흐름에 어쩔 수 없어
갈 곳 찾아 다잡는 순간에
아쉬움과 후회만 남는데
한 걸음 한 걸음 새롭고 싶다

봄은 어디에 머무는가

겨울이 깊어지면 봄이 오기를 기다린다.
기다리다 머뭇거리면 언제 봄이 왔는지 모른다
그도 그럴 것이
봄꽃은 언제 피었는지 모르게
금세 떨어지고 만다

자신이 알기 전 지나간 시간들
무관심이란 결과일까 빠름에서 오는 걸까
후회되고 조급해질 수밖에,

꽃이 피는 듯 지는 것과 시간의 흐름을 모른다면
삶의 정의를 망각한 결과이고
메마른 험로를 가게 될 것이다

인생이 세상을 품는 것이 실수의 연속인지도 모른다
실수를 하여도 스스로 인식하지 못하고
남의 잘못만 탓하게 되니
이 또한 삶의 고통일 수밖에 없다

마음의 공간을 넓히고 시간의 흐름을 포용하여
삶다운 삶을 이어간다면 행복한 동행이 되지 않겠는가
봄은 이곳에 머물고 있겠지

31

2부

자연에 어울리다

눈 쌓인 날

포근해진 겨울이면
사방이 하얀 세상으로 변하고
고향 산간 마을은 왕래가 두절 된다

이런 날 어머니는
눈 속 텃밭 구덩이에서 무우를 꺼내
국을 끓여 밥상을 차리셨다

초등학교 육학년 추운 겨울
앞산에서 토끼몰이할 때
토끼는 쫓겨 눈 속에서 허우적거렸지

눈 쌓인 날 눈은 흰해지고
귀는 아련한 메아리로 추억에 잠겨
황혼의 노을이 하늘에 물든다.

가을 향연(饗宴)

가을은 바다보다 깊은 것일까
가을은 짙게 물들어 깊게 보일 뿐,

가을은 붉은색으로 따뜻함을 주고
가을이 내게 반기고 좋아하는
가을을 만들어 주곤 하였지,
가을에는 서로 작별을 고하는
가을 편지를 갈바람에게 맡기며
가을의 고적함을 계곡마다 가득 채워주었지,

가을은 화려한 무지개처럼
가을은 저녁 하늘 노을처럼
가을로 온통 찬란한 무대를 만들어
가을의 흥겨운 향연에 우리를 초대하며
가을은 내 삶에 평온과 행복을 주었지

가을 향연에 초대되면
가을은 더 깊고 포근하다는 것을 알게 되지.
가을은 어릴 적 어머니의 품속처럼,

자작나무 숲에서

산기슭 빽빽하게 줄 선 자작나무 무리
너희는 젊고 웃음이 헤픈 여자들,
반짝이는 잎사귀 흔들면서 자작 자작,

하얀 이 드러내어 가식 없이 웃고,
바람 불지 않아도 저마다 목을 빼고 흔들며
조그만 몸짓에도 피식 피식,

낮엔 햇살로 감싸주며 님을 기다리고
어둠이 내리면 앞다퉈
하얀 드레스로 갈아입는다

촘촘히 늘어선 그들은 달빛에 춤을 추고
백야가 펼쳐지면 내일의 행복을 기다리며
연달아 기지개를 켠다

설원(雪原)의 고독

설원을 걷는 것은
백지 위에 그림을 그리는 것이다
모든 것이 얼어 있을 때
낙수는 보이지 않고 외침만 듣는다.

백설이 쌓인 좁은 언덕 넘어로
가끔의 맥박 소리 들릴 때
달빛도 알몸으로 내려와
얼어붙은 호수에 사르르 스며든다.

찬바람이 찾은 숲은 따뜻하다.
바람이 만든 오선지 사이로
별빛이 흐르면 자연의 선율이 들리고
백발의 머리채를 휘두르면
멀리서 들리는 금속성과 부딪힌다.

설원과 바람과 별들
적막한 백야에서도
저마다 자유로운 합창과 함께
고독을 탈출하려 발길을 돌린다.
나만의 그림을 그리면서.

겨울 산길을 걷다

겨울에 찾아온 고달픔을 따라
산길을 걷는다

나무들이 허기져 메말라가고
낙엽을 토해낸 산고의 고통으로 신음하며
질퍽한 길목마저 어지럽다.

이 순간 외로운 느낌만은
어둠이 올 때까지 사라질까.
나무껍질에 머금은 파릇한 숨결이
주변과 조화롭게 어울려
진하게 마지막 빛깔로 남았다

겨울의 기슭에서
두 팔 벌려 하늘을 향해 소리친다
낙엽 위에 떨어진 고독을 떨치고
들판으로 달려나갈 채비를 한다.

나, 깨어 있어요

아직도 깊은 잠을 자는 나무
잠 깨려고 뒤척이는 산천,
개울가에 옷 벗는 버들강아지,
나, 깨어 있어요

봄 하늘은 뿌연 안개로 덮고
따스한 바람을 안고 오는데
낙엽 속에 숨겨진 조약돌 하나,
나, 깨어 있어요

개울 물은 재잘거리는데
미소에 피어나는 꽃향기
그 향기 쫓아 오는 봄 전령사,
나, 깨어 있어요

님 오는 소리에 잠 깨는 초목,
님 오는 그때에 찾은 봄볕,
님 오는 곳곳에 배어든 봄 향기,
나, 깨어 있어요

바람에 묻는다

찬 바람은 내 몸에 들어와
온기를 빼앗아 남쪽으로 간다
무더웠던 그때를 잊고
추웠던 그 시절로 돌아와
한밤에 얼룩진 시간을 차지한다

어둠이 오면 바람이 불까
해 뜨면 바람이 잘까
바람과 함께 님이 오고
그때 그 시절로 돌아간다

나 언제까지
바람에 길들여지는 것일까

점점 나이 들어 바람과 함께
차디찬 가슴으로 외톨이가 된다
바람에 묻는다.
언제쯤 따뜻한 바람이 불어오느냐고,

꽃은 무제(無題)

꽃이 필 때는 떨어질 줄 모른다
꽃이 피면 영원하다고 알고 있지
꽃이 피면서 꿈을 꾸는지 모른다
꽃이 피면 잠이 깬 것으로 알고 있지

꽃은 한결같이 아름다운 것이 아니다
꽃이 지는 모습은 초라하니까
꽃은 햇볕이 눈부신 줄 모른다
꽃이 그를 너무나 좋아하니까

꽃을 볼 때마다
꽃이 왜 피는가 생각하게 된다
꽃은 꽃처럼 아름다움을 위해서
꽃은 꽃을 피워 자기만족을 위해서
꽃은 꽃이 늘상 다시금 피기 어려우니까

꽃은 이 세상에서
꽃처럼 슬픈 이별을 하는 것이 없다
꽃피는 행운목(幸運木)은
꽃을 단 한 번 피우기 위해
꽃을 위해 온몸을 불사른다
꽃이 있어 꽃과 함께 내 시(詩)가 있고
꽃 때문에 시가 아름답다

여 명(黎明)

멀리서 속삭이는 소리
발아래 꿈틀거리는 소리
귓가에 재잘거리는 소리
하늘에 쏟아지는 빛의 소리

무엇인지 다가오는
짙은 어둠 속에서
빛을 받아드린 광활한 지평

깃털 구름 흐른 오묘한 순간
어디서 나타날 듯
내 앞에 다가올 듯
기다림과 설레임의 순간

영롱한 빛으로 남아 행복하게 된다
여명의 순간
짜릿한 환희의 길목
하늘에서 쏟아지는 빛의 소리,

소나기 오던 밤

그때
화가 나서 물불을 가리지 못했지
세상이 어떻게 돌아가는지
아무것도 모르고 날뛰었다
나중에서야 알았지
그때 그러지 않았으면
큰일 났을 거라는 걸,

나는 시간 가는 줄도 모르고
강가를 달릴 때 그 사람이 오고
그를 피하느라 우왕좌왕할 무렵
어둠 속엔 이미 당도해 있었다
온다고 기별이 없었는데도
반갑기 그지없다,

마른 가지마다 숨을 불어주어
뿌리는 물기운으로 버티고
이파리에 머금은 물기운으로 창을 연다
이 밤 오랫동안 잠에서 깨어나지 않기를
바라는 것일까
소나기 오던 밤, 목이 마르다.

하얀 그림자

그림자는 아침에 내 앞에 나타난다
지금도 그와 함께
내 주변에 넓게 드리워져 있다

그림자는 생명을 지킴을 마다하지 않는
봉사자가 되어 오랜 시간 이곳에 머무르고
들판에도 강물에도 숲에도 구름에도
심지어 바닷속에도 머문다

그를 좇아 살고 죽으며
이 때문에 나는 주눅 들지 않고
활기찬 웃음 천사가 된다

간혹 그를 원망해 보지만
한 치 앞을 못 본 착각이다
나와 함께 머무는 하얀 그림자는 빛이 된다
너를 향한 믿음은 끝이 없으니까,

자연 예찬

병풍 속의 그림인가
자연 속의 조화인가

천하 삼라만상 중 일찍이
느낄 수 없는 빼어난 절경을,
능선 넘어 어울려 뽐내고
물결은 곡선의 흐름인데

무엇과 견주랴,
자연의 조화에서
선 따라 도도함이 흐르고
신령님이 기거한 곳 어딜까

저 멀리 움푹 파인
블랙홀로 깊이 빠져들어
자유로움에 만끽하려고
발버둥 치는 그들은 누굴까,

이제는 자연 앞에 참회하고
어울리고 보듬어라,
아름다운 능선 따라
옛것이 아스라이 솟아난다

사방에서 들리는 숨소리
하늘과 땅과 물이 닿고
각색의 빛깔이 펼쳐지는
자연의 조화를 꿈꾼다

정녕 다가갈 수 있을까
정녕 깨어날 수 있을까

먼 동

높은 곳에서 볼 수 있을까
낮은 곳에서 볼 수 있을까

한껏 작은 데서
작디작은 것이
넓고 큰 것에 매료되어
오늘도 어김없이 불쑥 나타날 것만 같다
자린 마음 달래며
이곳, 동쪽 벼랑에서 기다리고 있다,

이것은 분명 설레임이요, 새로움이다
처음 느끼며 볼 수 있다는 것,
점점 커져 가는 그 웅대함
눈 앞에 펼쳐지는 그 황홀경은
무엇과 비교할 수 있을까,

짙은 그림자가 서서히 걷히고
밝은 빛이 퍼질 때
내 몸들의 빛깔과 심장의 고동 소리가
어젯밤 지친 모습과 다른 것처럼
세상으로 용솟음치는 힘을 갖는다

나른한 여름의 뒤안길에
널브러진 숲들도 저 광야에서
빛을 찾는다.
그들에게 보이고 싶은 빛이
바로 내 앞에 서 있다.

그제 어두웠던 나도
어제 슬픔을 이겨냈던 너도
저 산모퉁이를 기어오르는
희미한 빛줄기를 따르고 따른다.

내 앞에도 네 앞에도 가을꽃이
피려는 준비를 해야 하겠지.
먼동은 세상을 얻는
빛이 되고 근원이 된다

제목 : 먼 동
시낭송 : 최명자
스마트폰으로 QR 코드를 스캔하면
시낭송을 감상할 수 있습니다.

47

가을비

가을이 왔다.
추적추적 가을비가 내린다

비는 내리자마자 흩어지고 올라가
물안개로 눈빛 훔치며
뜨락 감나무 잎사귀에 장단 맞춰
연거푸 고개를 끄덕인다

처마 밑에서 몸을 털던 강아지와
마루 밑에 웅크린 신발 속 햇볕
문지방에 걸터앉아 졸던 고추잠자리
가을비는 모든 것을 보듬는다

가을비는 땅 위에선 영롱한 소리
땅속에선 젖줄로 머물고
뙤약볕에 무성했던 나무들은
깊은 가을의 뒤안길로 떠날 채비를 한다

봄 바람아

바람이 분다
초봄엔 유난히 바람이 세다

바람이 없다면 어떻게 될까
이 세상 삭막하고 메말라 살 수 없을 것이다
나무도 풀도 자라지 못하고
구름도 떠다니지 못하고 비도 오지 않겠지
눈도 날리지 않고 나뭇가지도 잎도 흔들리지 않아
낙엽도 지지 않겠지
떠오른 태양도 빛을 보내지 못해
뜨거움에 견디지 못하여 타버리고 말겠지
남쪽에 핀 예쁜 꽃 향긋한 꽃향기
여기까지 가져올 수 없어 꽃도 피울 수 없겠지

봄바람아,
비록 차갑고 미세먼지가 있더라도
네 마음껏 불어라
내 마음이 시원하도록,

신록(新綠)은 비와 함께

비가 온다. 초록 비가 내린다
기다린 시간과 그리움을 떨치고
파란 하늘에서 내린다
내 마음에 기분 좋게 스며든다

신록은 아름답다
파란 하늘의 두루마리에
파란 그림을 그렸다
느티나무, 은행나무, 참나무....
나무에는 어젯밤 파란 물감이 쏟아져
봄빛을 머금었다

꽃비가 바람에 흩날리는데
실록은 아름다운 눈빛으로
여름 언덕에 초대하는 것,
지친 몸을 초록 비로 씻어볼까,

물 안 개

호숫가에 꽉 찬 물안개로
사방은 보이지 않는데
길 찾아 헤매는 철새는 우왕좌왕,
물고기들 제 세상이다

물안개 피어 있는 아침,
자연의 품에 안겨
지난 추억들을 떠오르니
아쉬움이 안갯속에 스며드는구나

하루를 견뎌낸 시간,
다시 찾아온 호수에서
지난 일들을 말끔히 잊고 싶다

햇살이 물과 수목을 데워
물안개가 사라지면
여기저기 엉켜진 가지들만 남겠지

안개는 나의 허물을 덮어 버릴 수 있을까
보이지 않아야 할 세상살이,
언제나 안개로 정화될는지,

풀의 노래

풀 위에 누워 눈을 감으니
풀이 된다
풀처럼 된다

풀의 싱그러움,
풀의 향기로움, 그리움으로
풀이 비추는 하늘의 푸르름이
풀 위에 명경처럼 나부낀다

풀 한 포기 들꽃 한 송이 보고 또 본다
풀잎 위에 햇살이 내려와 노닐고
풀잎 위에 맺힌 이슬방울이 거닌다
풀잎의 이슬방울은 내 가슴에
풀 같은 싱그러움으로 스며든다

그대는 아름다운 풀잎,
그대는 고요한 듯 움직이는 곳에
그대의 아름다운 사랑이 피어와
그대의 여름 그늘에 앉는다
그대와 함께 아쉬움을 삼킨다.

풀 위에 누워 눈을 감으면
풀이 된다.
풀처럼 된다
풀처럼 아름다운 사랑이 핀다.

제목 : 풀의 노래
시낭송 : 박영애
스마트폰으로 QR 코드를 스캔하면
시낭송을 감상할 수 있습니다.

들꽃이 피네

오늘도 황량한 들판에 홀로 핀
이름 모를 꽃이여
나는 네 이름도 누구를 위해 피었냐고
물어보지 않으리라

아직 따사로움 남아 있으니,
여름내 지친 풀잎 사이로 가냘픈 목을 빼고
수줍게 얼굴을 내민 너
가련한 듯, 소박한 듯하구나

가냘픈 그림자
너에게 한 자락 남기고 부푼 풍선처럼
하늘에 둥실 두둥실
그윽한 꽃향기
님에게 주려함에 나를 매혹하노라

가을 들녘

여름내 키우고
숨어 애틋하게 보살핀 자식들,
하나둘 단장시켜 출가를 서두른다
어디에 가든 어디에 있든 상관없다
무사히 살아간다면,

소중한 결실,
햇살 가득 머금어 허리 굽은 채로
수줍어한다.
언젠가 그때만은 옳았을 일 알겠지,
님은 어디서 기다리는지
어둔 밤을 지새며 떠난다

너를 위해 할 일은
조심스럽게 가슴에 품어
다시금 풍성한 만남을 기원하며
사랑스런 눈길을 줄 뿐인걸,

봄비가 내린다

한 계절이 나도 모르게 슬금슬금
사라지고 말았다
매섭던 회초리를 거두고 동장군도 철수를 했다
바람이 바뀐 후 천지가 깨어나니
주룩주룩 봄비가 내린다
봄비는 내리자마자 몸속으로 스며들고
가슴에 스멀스멀 비치며 물안개로 흩어진다
뜨락 매화나무 마른 줄기는 허겁지겁 들이킨다

처마 밑에 몸 묶인 고드름도 용감하게 마당으로
뛰어내린다
화단에서는 개나리 가지에 실눈 뜨며 비를 반긴다
비는 모든 것을 보듬는다
땅 위에 생명이 꿈틀대는 소리
땅속은 젖줄로 이어져 추위에 떨었던 나무들은
봄 길로 떠날 준비를 하는구나

내가 찾는 봄

아침에 눈 뜨면 하늘을 본다
황사가 뒤덮여 흐려진 날,
봄소식이 와도 내 마음은 겨울이다
선뜻 나서지 못해 미루는 일들이 많아
그 끝은 후회와 미안함만 쌓인다

내 곁에 있어야 하는 것인데
그렇지 못한다는 것을
이루지 못한다는 것을
알고 나면 허전함을 다랠 수 없다

시냇물이 흐르면
다시 거스르지 못하는 것처럼
지난날 미안함이 커짐을 어쩌겠는가
이제라도 털어버리고 후회 없이
따뜻한 햇살과 함께 봄이 오듯
내 일상에 봄을 찾아야겠다

봄 소식

밤새 조용히 내려와
얇은 치마저고리 노란 옷고름 매고
입술연지 바른 얼굴이
수줍게 웃으며 왔네요

포근한 햇살에 가슴 뛰고
기다린 마음은 희망 가득한데
반갑게 맞이한다 해도
짧은 만남을 생각해야 하나요

수줍게 재회하는 순간
속마음 떳떳이 말할 수 있을까.
오솔길에 흐드러진 봄빛에
진한 봄꽃 내음을 잊을 수가 없네요

봄꽃 향연 (饗宴)

꽃향기 은은하고
산 등선 따라 촘촘히 눈꽃 가득하다
산기슭에 뻗은 굽은 산길은
보이는 듯 보이지 않는 듯
봄볕에 가려 한가롭다

파란 하늘 뭉게구름 피어오니
움찔 움찔 바람결에
왜 이리도 호들갑인가
봄꽃 향연에 초대되어
울긋불긋, 하얀 눈꽃에 가득하다

꽃들도 다투어 시샘하는데
강 건너 머문 님을
이제나저제나 오기만 기다린다
초대된 봄꽃 향연에서
황홀경에 빠진 자는 누구일까

3부

사랑이 있는 곳에

함께하는 사랑

험난한 길을 홀로 가고
비 오는데도 우산이 없다면
얼마나 황당하겠는가,
꽃 피는 봄날에 혼자 꽃을 본다면
무슨 사유가 있을 테지,

이런 저런 일이 있다 해도
언제나 그이와 함께 있어야 하거늘,
함께하여야 함이 행복이겠지.

한평생 살면서 서로 사랑하고,
친구 되고, 연인 되고,
한시라도 옆에 없다면 허전하고,
금세 또 보고 싶고, 그렇다면
그것이 진정 사랑일까

이것이 부족하다면
꽃밭에 꽃을 피우는 마음으로
정성을 다하는 것이 진정한 사랑이겠지
그대와 나 사이에
사랑 빛 무지개를 그리면서,

사랑의 꽃을 피운다

단풍잎이 아름다운 줄
난 진즉 몰랐다
나뭇가지에서 하나둘 잎을 떨구고
찬 바람 맞을 준비를 합니다.

이제 겨울 지나 봄이 되면
님을 위한 예쁜 꽃밭을 만들어
정성 들여 가꾸어야 하겠지요

새 출발은
나무들이 겨울을 잘 견디어 싹을 틔우기 위해
준비하는 것과 마찬가지랍니다.

수평선 위에 뜨는 아침 해
따스히 내리는 햇볕은
우리를 축복해주는 것이라 믿어요

멀리 있지만,
내 곁에 있는 님이여
너를 위한 내 사랑의 풍선이
부풀고 부풀어
영원한 사랑의 꽃을 피우렵니다.

능소화 사랑

새벽이슬로 단장한
싱그러운 얼굴에 미소짓는 그녀
하늘 하늘 연분홍 드레스에
연초록 스카프 두르고
파란 하늘과 구름 사이에서
세상은 눈부신 아침으로 맞는다

초여름에 태어나
다정스럽게 손 내미는 그녀
반들 반들 나부낀 매무새에
빨간 립스틱 바르고
그 님 맞으려 가슴 부푼 꿈
사랑의 눈빛이 두 눈에 빛난다

가슴 벅찬 설레임으로
겪어야 할 그 이별을 참고 견디는
그때를 맞고 싶지 않다.
그때가 오고야 마는 가냘픈 운명이련가

사랑은 어디에 있는가

듣고 느낀다. 넘실대는 기쁨의 늪,
아름다움을 주는 너 자신은 행복과 조화를 가꾼다.

희열로 보는 눈이 거기에 있고
형상의 빛남을 알아내며
듣고 느끼고 기쁨이 안길 때 비로소 보인다

신의 아름다운 마음이었고
그것을 잉태하여 완전하게 주저 없이 주는 것,
함께 어울려 우리네 자리 잡은 최고의 선물,

세상에 이것이 없다면,
악과 함께 깊은 늪에 빠지는 걸까

사랑한 만큼 꽃은 피는가

구름이 휩싸여 소낙비가 내릴 쯤
짜릿한 여운이 가슴에 남아 있다면
아직도 사랑하고 있음을 알게 된다.
그것은 내가 소중히 간직할 때
다른 사람에게도 주저 없이
나눌 수 있어 아름다운 것이리라,

세상이 사막으로 번지고
척박하고 살벌하다지만
이런 사랑의 근원이 아직 남아 있으니
봄은 오고 또다시 오겠지
모든 것들을 보듬어 싹틔운다면
사랑은 아름답게 잉태하는 것,

사랑이 있어야
꽃 피울 수 있는 걸까,

삶의 비탈길에 새 울림을 새기며
향기로운 꽃을 기다리면 좋겠다.
사랑하는 자들이 내 곁에 있고
좋아하는 자들이 나를 반긴다면
사랑한 만큼 꽃은 피울 수 있겠지
꽃이 피면 내 삶도 즐거우니까,

제목 : 사랑한 만큼 꽃은 피는가
시낭송 : 박영애
스마트폰으로 QR 코드를 스캔하면
시낭송을 감상할 수 있습니다.

64

그 리 움

허구한 날 참는다고
기억마저 지울 수 있을까
쉬는 숨을 참는다고 심장이 멈출까,

지난 일 아쉬움 기억에 가두고
참을 수없이 곁에서 맴도는데
누군가 기다리는 애틋함이
새벽 안개처럼 내 안에 피어난다

맑은 날, 미루나무 한그루
신작로 옆에 서 있다

사랑했던 날들이 많을수록
그리움은 짙어가고
저도 그렇게 서서
누군가를 기다리고 있을까

담장너머 하얀 장미

눈빛도 모르고 얼굴도 모르니
마음인들 어찌 알겠는가
그래도 보고프고 만나고 싶은 게지

언제였나, 맑은 햇살은 있었던가
멀디 먼 길, 기차로 달려갔었지,
'하얀 머리끈'이라 했지요
'숨은 보물' 찾으라 했지요
앞에 나가 두리번 두리번 하였다

'하얀 장미 맞지예?'
처음 보지만 유난히 아름다웠다
낯설지만 내가 좋아하는 장미였다

그는 남강 길 따라 내 등에 붙어
어린아이처럼 좋아했지
짧은 만남은 어느새
담장 너머 하얀 장미로 피었지

숲속에 숨어 있어도 향기는 남았구나
내 곁에서 사라진 흰 구름처럼
아쉬운 눈빛도 시들해졌지만
하얀 장미는
오늘도 어디에 피어 있을까

국화(菊花)의 순정

국화는 청아하지요
가지런히 머리 풀어
따스한 입김이 스쳐오면
색다른 향기를 내보냅니다

여름내 견딘 고통과 인고로
세상에 태어났건만
그토록 사랑하는 님은
이미 떠나버리고 말았습니다

님을 위한 청결한 몸치장도
기다리다 떠난 그 님을 향해
오늘도 아쉬움을 달래려
이렇게 화려한 꽃을 피웁니다

그 님이 떠난 자리지만
이제는 순정을 묻어 버리고
내년에 다시 한번
더 예쁜 꽃으로 피어나렵니다

석양에 비친 자화상

석양을 등지고 무리 지어
건널목을 걷는다
신호등에 막혀 기다리는데
반대쪽 길에도 많은 사람들이 서 있다
이 시간엔 매일 그곳에 서 있음이
반복되고 있을 게다

하루 일 끝내고 휴식의 둥지에 드는 기다림,
비 온 뒤 산뜻하게 차려진 뒤안길,
내일을 찾는 여린 보살핌이 뒤에 있다

회한의 풍파를 겪은 듯
듬성 듬성 남은 돌과 주름진 이랑
지탱하기 힘든 저 나무들
빗발치는 우박을 피하느라
녹초가 되어 버렸다

뿌리는 척박할수록 강해진다고 했던가
걷는 길도 만나는 길도 신호등이 있는데
오랫동안 기다리기도 하고
금세 건널 수밖에 없을 때도 있다
기다릴 수 있다는 것이 얼마나 행복한가,

제목 : 석양에 비친 자화상
시낭송 : 김지원

스마트폰으로 QR 코드를 스캔하면
시낭송을 감상할 수 있습니다.

새벽 꿈을 꾸다

어젯밤 푸른 들판을
온통 헤매면서 소리쳤어요
숲속 길옆 나지막한 곳
외딴 찻집에서 당신을 찾았어요

그곳엔 탁자와 나무 의자만
덩그러니 놓여 있을 뿐
당신은 보이지 않았어요
창가엔 초롱불만 깜박거리고 있네요

어디 있을까
이곳에서 만날 수 있을까
밖으로 뛰쳐나오니 하늘엔 둥근 달
환하게 비추고 있었어요
한참 찾아 헤매고 나니 어느덧 새벽,
당신의 몸은 나아졌나요
이제 일어나 상쾌한 숲속으로 갑시다.

동행(同行)의 조화

등일자괴화(藤一刺槐花)
등괴동주(藤槐同舟)!

너와 나는 닮았다
빠르고 곧게 자라
오월엔 어김없이 화려하다

다른 것이 있다면
색상과 습성이 다를 뿐,

너와 나는 엎치락 뒤치락
잘난 체하고 있구나

어차피 너를 비춰 나를 아는
연민(憐憫)의 삶,
함께하고 있는 것을,

오뉴월에 만난 꽃

미루나무 늘어선 신작로 길옆
강가 길가 철길 위를 손 잡고 걸을 때
님은 내 옆에서 웃고 있었네

님은 변치 않아 싱그럽고
곱디고운 미소로 맑았네
붉은 입술과 보조개 깊이 파인 양 볼
향긋함이 배어 나오고
바람결에 살랑이는 고갯짓
설레임은 그때와 똑같았네

그러나
그 님은 알아볼 수 없겠지
내 등에 업혀 즐거워했던 그 길
신작로에 줄지어 춤을 췄던
미루나무 잎사귀들은
지금도 살랑 살랑 춤추고 있을까

오뉴월이 되면 만났던 그 꽃이
앞뜰 담장 너머 수줍게 고개 들어
나를 반긴다, 흐드러진 장미꽃,

봄 향기 있는 곳에

추운 바람에 잠 못 이루고
지친 몸으로 헐벗은 가련한 모습
어느덧 겨울은 가고
아장 아장 걸어 나온 노란 병아리들
너무나 예쁘구나.

메마른 대지에 촉촉한 봄비
그윽한 향기 퍼지고
화려함을 보이려거든 기지개를 켜라
한껏 팔을 뻗어본다.

이 세상 기쁨과 화려함에
우리 함께 웃어본다
즐겁게 포옹하고 우리 함께 그곳에 간다
봄 향기 있는 곳에,

산 딸기를 보았네

노을이
유난히 극성이더니
한밤중 빛났던 별들이
이곳에 내려와 아침을 맞았나

저 빨간 루비보석은
누구에 주려 하는가
너의 탐스런 멋 대견스럽다

해와 구름과
별의 마음은
바구니에 차곡 차곡 담아
그이에게 전하고파,

달콤 새콤 빨간 보석
너를 맞으면
또 하루 해가 지는구나,

단풍 낙엽의 사랑

아직은 이별해야 할 마음이 없는데
어차피 떠나려 해 하나씩 보낸다

사랑을 받던 빨간 잎새
사랑을 주던 노란 잎새
사랑을 키우던 갈색 잎새,

햇볕은 가늘어지고 앙상한 가지에
멍 자국만 남았다
네게 남은 마지막 떨켜의 사랑은
누구를 향한 것인가.

겨울 햇살

눈 내리던 저녁과 달리
맑은 하늘에 떴던 아침 해가
아파트 유리창에 떨어져
눈부시게 빛났다
언제 왔는지 몹시 반갑다.

차갑기만 하던 겨울 해가 따뜻한가 싶더니
밝은 빛만 건네주는데
열기는 어디에 놔두고 왔나보다
그나마 해가 저 산 너머로 떠나면
어둠이 깔리고 찬바람이 극성을 부리겠지,

겨울 햇살
저 북쪽 유리창에 내려온 햇살은
이 밤에 어디서 잠들까, 누구와 함께,

오늘 밤만은, 추위를 피하지 못하는 자와
허기진 자들과 함께 잠들 수 있으면 좋겠다.
그래도 삶이 행복하다면,

라일락꽃 향기에 젖어

연보랏빛 꽃송이 주저리
소담스런 꽃잎에 쌓인
아리따운 여인 되어
청초한 향기 가득 품은 님이 되니
여린 가슴 설레네요

수줍은 듯, 가냘픈 듯,
기다리는 듯,
초여름의 소박한 님 만남은
꽃 향처럼 아련하고
은은한 멋에 젖어
눈길 발길 숨길 멎었네요

나 그대, 밤꽃

강렬한 햇볕 쬐는 날
한줌 한줌 꽃향기 모아
새하얀 드레스 입고 나타난
젊디젊은 하얀 꽃
나 그대 보러 왔다네,

구름 한 점 없는 파란 하늘
한줄 한줄 엮은 열정에
고스란히 남긴 포근한 자태
찐하디 진한 꽃 내음
나 그대 향기 반했네,

하루 종일 정주고 받을 때
정성으로 가꾼 그 가지 끝에
탱글 탱글 익어가는 밤송이를
꿈꾸며 웃음 짓는 꽃
나 그대 향해 정주네,

화선지의 꿈

곱게 태어나
가슴이 포근하고 환하게 웃으며
부드럽지만, 날카로운 그녀,

살랑한 바람으로 태어나
잔잔한 호수에 잠들고
섬세한 붓끝으로 산수를 놓는다

때로는 화려하고 때로는 온화하게
때로는 호소하는 그리움
갖가지 감정을 끌어내는
조용한 꿈을 안고 여기서 만난다

이젠 꽃이 피고 때로는 숲을 이루어
사시사철 가슴 설레인다
하늘엔 뭉게구름 되어 나부끼고
눈앞은 울긋불긋 색감이 여물어
또 한 번 화려하게 펼쳐본다

당신을 사랑합니다

며칠간 단비가 내리더니
봄꽃 내음이 살며시 다가오고
햇볕이 집 앞 뜨락에 내리네요
형형색색 꽃이 가지 끝에 필 때
기쁨으로 가슴이 설렙니다.

당신의 아름다운 모습이
어느 때보다 내 안에 머물러
내 삶마저 기쁨에 넘쳐
메마른 여정이 아름답습니다

행복과 함께 걸어온 당신과 나
길을 떠난 뒤 돌아보고 또 보며
시간의 흐름도 모르고 모르니
이젠 여유를 안고 쉬어 갑시다.

아름다운 만남을 뒤로하고
어려움에 지쳐 허둥댄 그때만은
이제 아름다운 꽃길로 기억되고
우리 함께 새로운 길을 갈 때
당신을 사랑합니다.

제목 : 당신을 사랑합니다
시낭송 : 박영애
스마트폰으로 QR 코드를 스캔하면
시낭송을 감상할 수 있습니다.

갈잎과 눈

겨울은 조용하다
그 날은 하늘에서 눈이 내렸다
잠시 개천 주변을 서성이며
갈 곳 찾아 망설이다가
바람에 날려 쓸쓸해진 갈잎에서
순수의 정을 느꼈다

누구와 헤어졌는지 모르지만
아직 생기와 순수함이 남아 있다
눈보라에도 끄떡도 없으니
나는 그에 비하면 초라할 뿐,
그 날 그와 마주한 것은
내게 소중한 인연이었다

갈잎은 사뿐히 덮인 눈을
따뜻한 눈으로 지켜보았던 것,
갈잎 위에 다정하게 안겼는데
그날 완벽하게 맞을 준비도 못한
그에게서 잠들어 버렸다
찬 기운에 따뜻한 정을 느끼면서,

제목 : 갈잎과 눈
시낭송 : 박영애
스마트폰으로 QR 코드를 스캔하면
시낭송을 감상할 수 있습니다.

홍시가 열리면

파란 하늘 가지 끝에 매달린 홍시
추위에 움츠려 진채
마지막 몸부림은 주렁 주렁,
단맛이 배어 붉어진 얼굴은
어머니를 닮았구나

하얀 입김을 내어 서린 그 맛,
간직하여 깃든 품에
수수깡 속 몸을 숨기어 잠든다

차갑고 어둔 긴 밤을 새우며
긴 터널을 나오는데
어머니의 눈빛에 그리움이 듬뿍
이미 떨어져 버린 너의 잎에
내려와 젖었구나

겨우내 잠들어 몸부림으로
이 세상 맛과 멋이 어우러지는데
자신의 마지막을 건네는 그 당당함
보고 또 보고 배운다

사랑 편지 (1)

태양 빛이 사라진 밤하늘, 뱃고동 소리가 들려요
지난 추억보다 미래의 행복을 바라며
오늘보다 내일의 기쁨에 하루종일 가슴 부풀었어요.
난 미래를 위해 너와의 사랑의 나무를 심어 봅니다.
이런 마음이 없다면 이 긴긴밤 외로움을 어떻게 달래나요.
순수한 사랑으로 밭을 일구어 내 애정의 씨앗을 심으려 해요.

하얀 물결이 스쳐 간 백사장에 우리들 발자국을 남기면서
사랑의 밀어를 속삭이고 싶네요,
자연의 숨소리가 가깝게 들려요. 봄이 가까이 오니까
담 너머 수줍게 핀 동백꽃을 봤어요
당신을 닮은 그 빨간 동백꽃, 함초롬한 동백꽃, 그 모습,
마치 그대를 만난 듯 반가웠어요
지금은 오직 그대를 향한 마음뿐,
모든 것을 잊어버릴 겁니다.
　"사랑하노라, 사랑하노라,

　　　　　　영원히 사랑하노라,"

사랑 편지 (2)

오늘은 보랏빛 햇살이 퍼지네요.
햇살이 내 볼에 내리면
잠시나마 얼굴은 불그레해져 추위를 잊어요
난 오늘 새장에 갇혀 있는 가련한 새가 되었어요

우리가 함께 머무를 그곳은 어디일까
하늘과 바다에 정처 없이 떠 있는 구름처럼,
지금은 쓸쓸함과 고독이 엄습하고
저 하늘에 비춘 노을을 벗 삼아 떼 지어 날고 있는
기러기들도 밤이 되어 짝을 찾아가네요

가련함은 이제 슬픔으로 변해 버렸어요.
바다에 떠 있는 돛단배에 사랑을 실어 보내려 해요.
사랑은 바람 따라 그대 있는 곳에 도달하겠지요

앞산에는 눈으로 덮혀 긴 밤을 하얗게 새웠어요
그대의 사랑은 끝이 없는 폭포 물줄기로 뛰어내려
쌓이고 또 쌓이면 사랑의 꽃은 순수한 만큼
소담스럽게 피울 수 있겠지요. 사랑한 만큼,

4부

인생은 뒤안 길에서

삶의 여정(旅程)

광활한 가시밭길
여기 저기 발목 잡는 것들
삶의 여정을 직시한다

인생은 고달픔의 연결 고리
안갯속 길을 잃은 햇살 같은 것

계절 따라 꽃이 피고 지고
변화무쌍한 하늘과 바다
너와 나의 인내와 사랑은
묵묵(默默)하도다

둥근 세상

밤하늘의 별은 촘촘한데 하늘은 바다에 내려와
둥근 것만 받아들인다.
하늘, 땅, 심지어 내가 가는 길도 둥글다
우리가 서로 만나 모른 척해도
얼마 안 되어 그렇게 변한다.

내가 잠에서 깨어남도 땅에서 잠자기 때문이고
다른 곳에 있어도 결국은 돌아오는 것
바다도 산도 둥근 하늘에 기대며
해가 잠에서 깨어나면 둥글게 하늘을 난다

내 길도 다람쥐 쳇바퀴 돌듯 돌고 돌아
길 한복판에서 어디가 어딘지 갈피를 못 잡은 채로
가는 길은 어디나, 그렇게,
바다, 백사장, 파도처럼 둥근 해변에서
만날 수 있다는 것을 알게 된다
사랑도 미움도,
너와 나도 둥근 세상에 있음을,

눈 웃음

귀여운 눈길 언제 만날 수 있을까,
나를 향해 보이려는
아름다운 그림자,

눈가에 나타난 너울의 향기,
몸과 마음을 잇는 떨켜처럼

네 귀여움에 내 가슴이 두근 두근
너만 아는 것이 여기에 나름 있어
살맛 난다

미　움

지나간 시간들이 얽혀
남은 흔적처럼
살아가면서 조그마한 일, 하찮은 일이
걸림돌이 되어 속상할 때 후회된다면
내 삶이 초라해지고 허탈하여
가슴을 멍들게 한다.

그때마다 양보하고 기다린다면
미움은 잊을 수 있을까,
인연이 얼룩으로 남는다 해도
외롭고 허기진 고통은 찾아오는 것을,

미움은 내 안에 머물러
뒤뜰에 드리워진 그림자뿐이었는데
영영 떨쳐버릴 수 있을까,

내 몫을 지고 간다는 것이 이치거늘,
너그러운 마음으로 받아 줄 수밖에,
너를 위해, 너만을 위해,

제목 : 미움
시낭송 : 김지원
스마트폰으로 QR 코드를 스캔하면
시낭송을 감상할 수 있습니다.

눈에 보이는 삶

안개 자욱 낀 호수에서
안경 낀 채로 더운 곳에 든 것처럼
안경 너머는 한밤중이다.
간밤 하얀 눈이 내렸으니 겨울이 왔음을 알린다
추워지면 눈이 오는 걸까,
더워지면 눈이 가는 걸까,

눈은 세상을 깨끗이 덮고
어둠이 걷힐 줄 알았는데
안경 너머엔 또 짙은 안개에 앞을 보기 어렵다.

누구나 사는 동안 차츰 어둠이 찾아오리니
이 또한 어쩔 수 없는 삶의 과정이겠지,
안경을 낀들 무슨 소용 있겠는가

어둠이 걷히고 눈이 녹을 때도
엉뚱한 곳에서 헤매고 있을지 모르는 걸,
눈에 보이는 삶은
이 세상에 아름다움이 존재할 때만 완벽한 것일까,
쌓인 눈이 녹을 때 삶이 눈에 보이는 걸까,

영혼의 그늘

봄과 함께 파릇한 새싹이 돋는 시절에
당신이 내 곁에 있어 황홀하다,
가끔 잊을 때도 있지만
순수한 영혼, 기대했던 꿈이 있었기에
당신은 순수하고 참 아름다웠지.

내 생애 희로애락이 넘치고
질퍽한 길을 비켜 단단한 길이 펼쳐지기만
행복은 겨울철 따사한 햇살이 내리기를,
당신을 기다리는 나,
떳떳한 삶의 의미를 안겨 준다면 어떨까

지친 하루를 감싸주는 동반자가 되어
기쁨을 주는 지혜로운 날개가 되었지
바람처럼 왔다 가기도 하지만
젊은 시절 뙤약볕에 버려둔 채로
그 시절로 되돌아갈 수 있으면 좋겠다

인생 거울

오늘도 무심코 거울을 본다
봐온 터라 습관이 되었겠지
한때는 후회되고 때때로 허무한데
주름이 많아지는 것은 나만일까

자기만족이라 해도
나이가 들수록 보고 싶지 않은 걸
나도 이렇게 될 줄은 몰라
주름진 몰골이 여기 저기에 비친다

힘든 고비도 굽이굽이 흘렀고
가시덤불을 헤매었다지만
그래도 꽃이 필 때도 있지 않았나
지나온 여정의 굴곡에 길들여졌음일까

자신감으로 내 영육을 일으켜
그들과 오손도손 손잡고 길을 가고 싶다
내 멋대로 가면서도 인생 거울을
흔쾌히 볼 수 있어야 되지 않을까.

내 생애

시간은 쉬지 않고 흐른다.
하루 지남은 냇물이 흘러가는 것,
한 달 지남은 강물이 흘러가는 것,
한해 지남은 바닷물이 파도가 되는 것,
한평생 끝남은 구름이 모여 빗물이 되는 것,

나의 일상은 언제 시작되었고
언제 끝날지 모른다는 것은
시간이 빠르게 흘러가고 있는 것이 아닐까,

끝남을 자랑할 수 있다면 내게 영광이고
기쁨이겠지,
끝남을 부끄럽게 여긴다면 내게 수치이고
슬픔이겠지,

화 문 석 (花紋席)

팔십칠 개 날줄,
수많은 씨줄이 있다
다리 뻗어 쉴 곳도 있다
한올 한올 날줄 맞춰 올려놓고
고드렛돌 양손에 쥐어 넘기며
나는 너, 너는 나를 위해
화문석(花紋席)을 엮는다

노끈은 나의 애정,
왕골은 너의 웃음,
끊기지 않는 노끈을 엮고
질긴 왕골로 차곡 차곡 쌓는다
여명(時間)과 노을(空間)이
멋진 한 폭을 채운다

나 혼자라면 힘들 듯
너와 생생한 물감을 풀어
날줄과 씨줄을 힘차게 그린다
우리는 포기란 있을 수 없다
험준한 바닷길을
기꺼이 떠날 수 있겠지

제목 : 화문석
시낭송 : 박순애

스마트폰으로 QR 코드를 스캔하면
시낭송을 감상할 수 있습니다.

93

시련(試鍊)은 끝인가

이곳은 짓밟히는 곳,
언제까지 이곳에 있어야 하나
내가 있어야 할 곳
여기를 피할 수 없다는 것을 안다

애타게 서성이는 사람들
조급하게 이리 가고 저리 가고
그것이 운명이라면 떠난다 한들
삶의 표현일 뿐,

서로 엉켜 지탱하는 그 힘이
앞날의 희망을 알린다
슬픔을 딛고 즐거움이 온다면
이 시련은 떳떳한 내 몫이 되리라

이곳은 짓밟히는 곳,
이제는 순탄한 길만을 가고 싶다
내가 있는 곳,
영원히 그대와 함께 가고 싶다

세 갈래 길

회전문 밖에 세 개의 조형물이 있다
하나는 실타래, 하나는 돔,
또 하나는 물결,

실타래는 지금까지 삶의 끈을
하나씩 이어 순간 순간을 연결하고
돔은 비를 피하는 곳에 내 앞길을
이해하는 마음의 고리다
또 물결은 내가 저세상에 간 후
욕심을 버린 순수한 마음으로 생을
돌아보는 것이다

뿌연 먼지로 겹겹 쌓인 터널처럼
앞이 캄캄할 때는 세월의 시름만 흐른다.
강한 햇살이 파란 하늘에 골고루 퍼져
내 얼굴에 쏟아진다면
나는 세 갈래 길에서 행복한 아침을 맞으리라
지난 일에 대하여 한숨 쉬고
순수한 영혼의 넋을 새길 것이다.

산다는 것은

어제보다 주름진 얼굴로
계단을 올라 무릎을 굽히는 일이다
한 계단 한 계단 오르는 일이 아닐까
그늘진 모습으로 웃고 있는 너
기쁨을 다 잃어버린 것처럼
사랑을 가슴에 묻는 일이 아닐까
입을 닫아도 말이 쉽게 나오고
귀를 막아도 말이 들리듯
서로 싸우고 서로 헐뜯는 일이 아닐까

사랑하고 정주는 아름다운 삶이 된다면,
산다는 것은
평생 이끌어 주는 끈에 기대어
내 화선지 위에 기쁨을 줄 수 있는
자신만의 그림을 그리는 일이다

길에서 나를 묻는다

나이가 들면 넓은 바다처럼
삶에 대한 생각이 깊어지고
이해의 품도 넓어지는 줄 알았다

난 아직도 젊은 시절처럼
용기와 희망이 있고
뜨거운 열정이 남아 있다고 꿈꾼다

나는 지금
어떤 모습으로 길을 가고 있나

주름은 늘고 가끔씩 뒤를 돌아봄에
남의 생각을 인정하지 못하고 있음이
나를 당황하게 하고 있다

이 순간에
내가 가는 길이 옳은 길인지
올바르게 가고 있는 것인지
길에서 나를 묻는다

순간(瞬間)에 기대어

눈 감으면 하늘이 보이고
눈 뜨면 앞산이 보인다

어제는 봄 동산처럼 해맑고
오늘은 들판을 찾는 농부가 된다
강물은 거침없이 흐르고
강가는 옅은 물결이 나부끼는데
새들은 물 위에 기대어 잠든다

여기에 멈춘 순간들은 행운이다
난 꿈에 취해 어둠을 어루만지며
지난 일들에 휩싸여 헤어나지 못한다
오늘도 이 순간에 멈춰야만 하는가
숨 쉬고 있는 것이 순간이 아닐까

가 뭄

나는 창문 안쪽에 있다
가끔은 창문 밖에 있다고 믿지만
오랫동안 밖에 나가지 못했다
질펀한 들판에서 사람들의 우렁찬
목소리와 웃음소리가 들렸다

뙤약볕은 사정없이 대지를 빼앗고
땅속은 목말라 입 벌리고 있다
언제쯤 창문 밖 들녘에서
목마른 흙에 뿌리를 단단히 묻고 웃을까

까만 구름이 참을 수 없는 산통이 오면
창문 밖으로 나가 들길을 걷고
말라버린 숲과 갈라진 대지를
마음껏 달래줄 수 있겠지
나는 창문을 활짝 열어 반갑게
손 벌려 맞으리라.
그리고 빨리 창문 밖에 나가려 한다

서로를 알아주는 삶

나무들은 옆 나무의 존재를 알고 있을까
또 그 그림자도 알고 있을까,
무리를 이루어 살아가면서 도움을 주고는 있을까,

차갑고 메마른 겨울날, 칠흑 같은 어두컴컴한 밤,
밤새 폭우가 퍼붓던 날에 서로 의지가 되고
외롭지 않게 말이라도 건네고 있을까,
만약
숲이 되어도 서로를 알아주지 못한다면
한 계절이 지나 나뭇잎이 우수수 떨어질 때까지
기다려보는 것은 어떨까
아니면,
 바람이 심하게 불어 숲속에서 서로 부둥켜안고
우는 소리를 기다림은 어떨까
이 나무가 저 나무에게 수줍게 말 건넬 때까지,

우리도 내 곁에 있는 자들의 존재를 알고
외로움을 함께하고 즐거움을 함께하며
칭찬을 잊지 말아야 되지 않을까,

제목 : 서로를 알아주는 삶
시낭송 : 박태임
스마트폰으로 QR 코드를 스캔하면
시낭송을 감상할 수 있습니다.

당신과의 공감(共感)

당신 옆에 가까이 다가갑니다
너무 서두르면 실수할지도 모릅니다.
당신이 모른 척하고 있을 때
너무 안타까워하였기에 더욱 정감을 느껴
메마른 마음을 촉촉이 적십니다

우리가 마주할 때는 무언의 말을 하렵니다
언제나 그곳에 당신이 있고
때때로 나를 찾으니 외롭지 않습니다
또 서로 눈을 마주치고 미소로 답할 때
가장 행복합니다

이젠 텅 빈 밭 이랑에 정성껏 씨를 심고
싹을 틔워 갈증을 없애렵니다
당신과 언제나 공감하고 싶습니다.

기다림을 채운다

오랫동안 뜨거운 들판에 서 있다
한동안 그늘에 가지 못했다
들과 숲은 밤낮 신음소리와
울부짖음만 들린다

뙤약볕에 대지는 목마름으로
메말라 있다
언제쯤 푸른 들녘에서 웃음이 들리고
해갈 할 수 있을까,

짙은 구름에 그늘을,
단비로 대지를 적시면 들판에 나가
들길을 걷고
말라버린 숲과 갈라진 대지를
촉촉이 적셔줄 수 있겠지

햇볕과 구름 사이에서 기다림을 맞는다
그리고 대지 위에 푸른 숲의
그늘을 만들려 한다
그곳에 기다림을 채우고 싶다

파도를 향한 기도

하얀 옷자락 휘날리며 내게 달려와
내 마음 모래알을 한 움큼 쥐고
멀리 달아난다

병풍처럼 펼쳐진 바닷가 백사장 거슬러
장단 맞춰 소슬 물결 한 자락에
그렸다 지운다

지금까지 온갖 역경 이겨내고 참았지만
무슨 사연으로 바닷가에 왔는가
생각이 안 난다

파도여,
꽉 막힌 가슴을 안고 두 손 모아 기도하니
청심사달 이루게 하소서

생의 나약함을 수평선 너머로 너에 날려 보내
용기와 기쁨을 주게 하소서

동토(凍土)

고개를 들지 못해 숨소리도 내지 못하는
헛기침도 못하는 그곳 추운 곳,
실낱같은 미온으로 버텼다

내일에 있을 문밖 나들이도
자유분방했던 시간도 어떤 모습으로
커다란 고통도 여기에선 견딜 수 있음을
이제는 알았다.

생명을 이어간 자리, 성숙을 위한 주춧돌,
자유를 위한 광장이 될 수 있을까.
그때는 모든 것이 사랑이었음을,
내가 버틸 수 있는 순간이었음을,
내 몸에 전율이 흐른다.

인생(人生)은

광활한 바다,
역동하는 물결 위에
파도 타는 이들,
삶의 정도(正道)를 주시(注視)한다

인생(人生)은 파도타기

한 평의 보드
평형(平衡)의 질주(疾走)는
칭찬과 배려에서
희생과 사랑으로
사뭇 묵묵(默默)하다

삶의 표정

나는 가끔 맑은 하늘 햇살이 비치는
아침을 만난다
그날은 왠지 기쁜 일이 있을 듯,

나는 가끔 힘없는 햇살에 답답한
그늘을 만난다
그날은 왠지 슬픈 일이 있을 듯,

나는 가끔 햇볕을 닮은
황혼의 저녁을 만난다
그날은 왠지 편안한 내일이 있을 듯,

그러나
언제나 그렇듯 맑은 아침은 점점 줄어들고
짙은 안개와 미세먼지만 짙어 지고 있다

나는 서쪽 하늘을 바라보는 시간이
점점 많아짐을 알게 된다
삶의 지루함일까, 삶의 나약함일까

겨울 햇살은 어머니다

추운 날 몽마르뜨 공원에 올랐다
숨차고 하얀 입김을 내 뿜는데
한 사람도 없다, 추위 때문이겠지,
햇볕만은 오늘따라 따뜻하다

햇살이 내리는 마른 잔디 위에
체면 불구 벌렁 누웠다
조금씩 온기가 전신에 퍼진다
이때 난 어머니 품 안을 파고든다

동생이 잘못되어
젖이 퉁퉁 불어 어쩔 줄 모르던 어머니
외할머니의 끈질긴 권유에
어머니 품을 독차지했다
젖 냄새가 가득한 품속을

그 포근함과 향긋한 젖 냄새
잔디 위 햇살에 어머니가 오셨다
그때 그 어머니가,

5부

쉼터에 기대어 잠들다

시는 그림자(詩影)

그림자와 함께 있다
어둠이 와도 그는 옆에 남았고
언제나 빛과 함께 있다

안개 낀 호수처럼
비 온 뒤 맑아진 계곡물처럼
진실의 그림자를 만든다.(作)

갠 날 짙은 나무숲처럼
새벽길 영롱한 풀잎 이슬처럼
홀연히 앞에서 나타난다.(象)

시는 그림자로 남아야 한다
어쩌면 그의 뒤에 숨은 사물의
모순만을 찾고 있지나 않을까
시는 진실의 그림자(詩影) 일까

쉼 (休)

난 일상에 어떤 것이든
자신만을 위한 큰 짐을 지고 간다
어떤 때는 절망하고
어떤 때는 외롭고 아픔이 있다

무거운 짐이 힘들어도
소망을 잃지 말아야 하겠지,

쉼은 길을 갈 때 머물러
뒤를 돌아보면 그 자리에 남는다
쉼이 없다면 삶에 윤활유가 없는 것,

쉼은 마음의 여유와
잠시 주변을 둘러보는 시간이다
더우면 더운 대로 추우면 추운 대로
쉼(休)을 갖는 것은 좋지 않을까

가을 계곡(丹谷)에서

가을은 깊다
깊은 곳은 계곡일까, 바다일까
바다는 푸르러 깊게 보일 뿐,
가을 계곡이 더 깊을 거야,

가을 되면 붉어진다
내가 사는 여기가 가을 계곡이다
그림자도 떠나 계곡에 깊이 묻히고
숲과 나무들이 빛을 만들고
자기 몸을 던져 열정을 불사른다.

물이 마르면 마지막 편지로 작별을 고하여
다음 만날 것을 기약한다

가을은 깊다.
내가 언젠가 올 때도 가을 계곡이겠지
한참 붉게 물들 때 이곳에 오리라
가을 단풍과 함께 떨어지는 내 시에는
그리움과 애달픔이 배여 있을 거야
오늘도 가을 계곡(丹谷)에서 나를 만난다.

호수에 비친 석양

흘날리는 눈꽃 사이
황금빛 물결 출렁이는 호수는
바라보는 석양과 더불어
구름산 기슭의 낙조에
마지막 이별을 고하고 있다

무지갯빛 물든 산천에
바람결에 그리는 수채화 붓끝이
백로가 무리 지어 날갯짓하듯
버드나무 흰머리 풀었다

호수에 머문 조각배
석양빛에 또렷한 모습으로
내일을 찾는 나그네 되어
어둠이 오면 어디에 잠들까
여명이 오면 님 따라 떠날까

나의 창밖을 본다

불빛이 창밖으로 퍼지면
조그만 세상이 펼쳐진다
사람들이 모며 모닥불 피는
언덕에 통나무집 한 채

폭포수 물줄기에
고무보트 스르르 미끄럼 탄다
옆에 물레방아 힘차게 돌고
좁은 길 따라 자전거 싱싱 달린다

호수가 붉은 그림자 내리고
석양에 듬뿍 취해 불타는 듯
아름다운 언덕에 꿈이 펼쳐진다

나의 창밖에
고즈넉이 펼쳐진 언덕 위 조그만 집
그곳은 내가 상상의 꿈 꾸는 곳
가장 조용하고 안락한 곳이다

관악산에 올라

관악은 알고 있다
옛부터 한양의 남쪽 방향에서
비를 피하고 태풍을 막고 모진 고통을 이겼다
바위를 깎고 흙을 드러내며
모진 세월 견뎌낸 관악이여

만물이 소생할 때 미소짓고
만물이 움츠릴 때 슬퍼하고
인간들의 나약함에 용서하고
먹구름과 천둥소리에 적막함을 빼앗았다

단풍이 서서히 물들 때 염주암 앞에선
불경소리 속세의 텃세에서 헤어나려는
인간의 발걸음이 바쁘구나

관악은 알고 있다
그 권력의 말로와 권모술수의 비겁함을
이제 와 힘겨운 나날
너의 가녀린 모습이 애처롭구나
관악은 알고 있다
자연의 섭리와 인간의 오만을,

쉬어 갈까나

무심코
험준한 산골짝이 비탈길 수풀을 헤치면서
걷다 보니 산등선에 도달했다.

때로는
쉬지 말고 가야 한다지만
하얀 뭉게구름 되어 쉬어 갈까나,

내 곁엔
사랑하는 동반자가 있고
난 꼭 필요한 존재가 되어
지금도 함께 있으니 쉬어 갈까나,

누군가
목마름에 지쳐 있을 때
한 방울의 물이 되어 사랑의 힘으로
그리움을 달래면서 쉬어 갈까나,

산에 가노라면

산은 높거나 낮거나 멀거나 가까우나
거기에 있어 오른다
만나는 자체가 즐거움이다

내가 보고 싶은 숲과 바위들,
내가 밟고 싶은 흙과 나뭇잎,
내가 듣고 싶은 물소리와 새소리,
심신을 감싸주는 산바람은 더욱 반갑다

발밑에 바다와 강이 흐르고
집들은 성냥갑으로 골짜기마다 쌓여
구름도 손에 닿으니 몸은 날아 풍선이 된다

산속엔 나도 모르게 그늘과 햇볕이
함께하는 강물이 흐르고
그 위에 우뚝 서 있는 부처가 되었으니
산은 오래전부터 엎드려 내 몸을 빌려
나를 업고 있지 않을까

송화 (松花)가 핀다

늦은 봄바람 코끝에 오면
송화 향기 아련하고
솔가지 위로 은은히 넘친다

솔 순에 담겨진 사랑은 짙어
님의 발자취처럼
내 마음 흔들어 놓는다

햇살과 함께 퍼지는
송화의 은은함을 곁에 남기고
소나무 그늘과 함께 내가 있는 곳
송화는 핀다

유채꽃 축제

바다에 노란 파도가 일렁이듯
하나둘 날개 펴 춤을 추면서
한낮은 싱그러운 빛으로 나부낀다

노란 속살을 살며시 만지면
매끄러운 봄 향기에 취해 흐르고 넘쳐
그녀의 뺨이 파르레 떠는구나

봄 따라 함박웃음에 드러난 잇몸처럼
흐드러진 유채꽃 향기에 취한
축제의 자리마다 탐스럽구나

얼마 만에 잡아보는 너의 손인가
봄바람에 취해 한동안 웃음 띤 얼굴로
유채꽃 향기 아래서 취해본다

생각이 나를 만든다

어둠 속에선 답답하고
아침 안개처럼 답답하듯
나 어디에 있는지도 모를 때가 있다

또 신나는 일이 있고
하루를 지내는 시간도 살맛 나고
구름 한 점 없는 파란 하늘처럼
오직 즐거움뿐일 때가 있다

언제 어디에 있든 무엇을 하든지
생각하기 나름 아닌가 .

서글프고 답답하고 외롭더라도
자기 스스로 느끼고 행함이
어떤 생각을 하느냐에 달린 것을,
생각이 나를 만들고 만든다.

낙엽이 떨어질 때

새벽 골목길을 올라 나무 계단에 오르면
밤새도록 날 어지럽혔던 마른 상념들이
여기 저기 나뒹군다
나는 오늘도 어김없이 상념들을 밟으며
기꺼이 일상으로 돌아 간다

파란 빛깔이 한창 어울릴 때
뒤돌아 갔던 길목에 스쳐 갔던 추억들이
쌓여 있다
어제의 영광과 기쁨도 부끄러움도
한 얼굴로 결국 떨어지고 말 것을.

네가 멀리서 손짓하고 있다.
돌아 돌아 너의 부름을 받는 날이 오면
오롯이 가슴에 너만을 담고
기쁘게 떨어지고 싶구나
낙엽이 떨어질 때만은 슬픔을 기쁨으로
바꾸고 싶다.
그리고 당당하게 떨어질 것이다.

오월의 시(詩)

바람이 불더니 구름이 흩어지고
추위를 다 하더니
꽃이 피어 어느새 훈풍이 오는 오월,
젊은 시절 지난 시간은 기억일 뿐,
세월의 중턱에서 당신을 만난 곳은
장미가 피는 오월의 언덕이었습니다.

당신은
아름다운 길을 인도한 소중한 존재,
정성스런 손길의 모습이었습니다.

그 날, 그 시간들,
한 획, 한 자, 모순을 일깨우고
한 자라도 시(詩)라 함을 알았습니다
그래서
'시는 진실의 그림자' 라 하였지요

아직 서툴고 어리석지만
장미가 피는 오월의 언덕은 기쁨이 가득합니다
이 기쁨은 사랑으로 남아
내가 남긴 발자국을 시의 진실로 알고
순수한 시(詩)를 만나고 싶습니다.

제목 : 오월의 시(詩)
시낭송 : 박영애
스마트폰으로 QR 코드를 스캔하면
시낭송을 감상할 수 있습니다.

오월의 시(詩)는
내가 주는 마지막 사랑이랍니다.

흔들리는 잎새

어제 쓸쓸한 밤 추위에 몸을 뒤척이었을까
아침 햇살이 고마워 손을 흔들었겠지
반가운 님을 만나서 일 꺼야,

자기 존재를 알리고
몸짓으로 표현하는 것이 살아가는 의미가 아닐까.
사랑한다는 즐거움은 활력을 주겠지

흔들리는 잎새는
내가 무언으로 새로움을 말해주려는 것처럼
첫사랑의 반가운 몸짓이리라
잎새는 바람에 흔들릴 때 가슴이 설레일 거야,

열대야는 흐른다

한낮 쏟아낸 햇살과 쌓여진 조각들이 모여
여진의 목마름으로 남기고
갈증을 삼키면 남풍은 내 등줄을 타고 흐른다
그 뜨거운 눈빛이 시리고 자리엔 그늘이 없어
잎이 시들고 꽃잎이 멍들어 떨어진다

온몸에 치솟는 땀방울을 몸부림으로 달래보지만
낮과 밤을 이어주는 길목에서 달래줄 수 있는
갸륵함이던가
소슬한 언덕에 올라 쉬어볼까,
바다를 넘는 파도를 모아 열대야를 날려 버릴까.

석 양(夕陽)

하늘에서 뿌린 황금빛 안개는
강렬하게 비춘 아련한 그림자
하루의 끝,
내일을 시작하는 숭고한 속삭임에
무리 지어 흐르는 은하수가 된다

저녁에도 찾아갈 곳 있고
반기는 이 있도다
이 석양이 떠나도 다시 올 것이니
아쉽지 않다

누군가 기다리는 곳이 있고
다시 만날 수 있기에
꿈의 동산으로 초대될 것이다
온갖 시름 잊고 석양에 몸을 비추어
황금빛 안개에 취하고 싶다

기대반 우려반

간밤에 눈이 내려
세상이 하얀 꽃가루를
뒤집어쓴 채 날이 밝았다

세상은 어지럽고
온갖 쓰레기로 덮혀 있어
감추고 싶은 것이 있나 보다

내린 눈이 하얗게 덮힌 채로
청결한 모습으로 남아 있을까,
눈이 녹아 버려 옛 모습 그대로
있으면 어쩔까나,

고뇌(苦惱)

내 안에 얽힌 고통을
깊은 혼돈에 가두고
하늘에 날려 버린 욕심에
남은 근심을 그릇에 담아
지난 일을 빗대어 다시 씻는다

빈 둥 지

쭉 뻗어난 미루나무
가지 위 빈터에 언제 집을 지어
지탱하는 힘은 누가 맡는가

세찬 비바람도 버티어 낸
저 성벽은 안전한가
변화무쌍한 하늘에 긴 목을 빼고
덩그러니 기다렸을 애처로움 감출 수 없다

여기 머문 자는 모르긴 해도
고향 생각에 높은 곳을 택하고
그곳 나무 위에 둥지를 틀었을 것이다

집주인은 보이지 않는다
아직 오지 못했는지, 길을 잃었는지,
잊어버렸는지, 문도 열지 않았다

어설픈 둥지로 남아
구름에 기대어 누군가를 기다리는데
새순이 돋고 실개천 흐르면
주인이 찾아와 빈 둥지 불 밝히겠지.

싯(詩) 길에 서다

나는 길에서 진실을 바라본다
이 순간 내면에서 내가 아는 것보다
색다른 알맹이를 발견한다
그곳에 씨앗이 싹트고 잎이 자라
아름다운 꽃이 피었다.

난 진솔하게 너의 행복을 바라며
너와 함께 이야기를 만든다.
그것이 일상의 징검다리가 되는데
구름이 비켜 햇살이 비치는 것처럼,

난 침묵으로 너를 보며 네 진실에
사로잡혀 머문다
그것이 삶이 되어 여정의 행복으로 여기며
싯(詩) 길에 선다
나는 진실로 너를 사랑한다.

보 호 수

반포천 오른편 길옆 은행나무 한그루
밤잠 설치던 날 여기 터 잡은 할머니는
지금도 홀로 꼿꼿하다

봄이면 어김없이 푸른 옷 갈아입고
여름이면 손끝마다 주렁 주렁
아이들이 귀엽도다.

줄곧, 이곳 오막집 단칸방에서
자식들을 어디로 멀리 보내고
구름만 낮게 드린 골목 언덕 아래
한 줄기 바람과 햇볕만이
어언 380년 너를 보살폈는가.

시인의 길

아직 갈 곳 멀고,
석양이 내려와 어둠이 오는데,
쉬려 하는가,
먼 길에 가려니 동행자가 있으면 좋겠다.
바람이라도 좋고, 그림자면 어떠랴,
환한 옆 모습이면 더 좋겠지,

그렇지만, 지금껏 외롭게 혼자 온 길이
행복했을지도 모른다.
아무것도 모르고 가는 자가 용감하지 않았던가,
앞만 보고 간다 해도 한평생 진실을 얼마나 알까,

세월이 허무하니 시 또한 묵묵하도다.
총체적 진실의 참뜻 찾아
같은 마음으로 결실을 얻고 싶다.
동행자와 함께 뚜렷한 내 길을 가고 싶다.
진실의 그림자를 찾아서,
진정한 삶의 그림자를 찾아서,

후회(後悔)란 나에게

젊음이 찾아온 뒤 구름과 함께
세월이 흐르고 나면
나는 그렇게 허송치 않을 걸,
그때, 그 순간, 무심코 지나쳤지만
그만은 영원히 내 곁에 있을 거라는
믿음이 지금껏 속고 있지 않을까

지난 일 후회한들 무슨 소용 있으련만
이렇게라도 뒤돌아본다는 것은
남은 시간 후회 없이
맞을 수 있지 않겠는가

시간이 반복될수록
성숙보다는 자책과 회의가 쌓여
삶의 의욕이 빈 수레처럼 가벼워질 것이다

나에게 다시는 오지 않는
그 시간이 되고 젊음을 되돌리는
마지막 순간이 내 마음에 달아오른다
봄이 오면 새싹이 움트듯
그를 언 땅에 봄볕이 내려와
젊음이란 삶으로 승화시키리라

두려움은 없다

내 존재를 알리는 자리에서
누가 함께 있느냐를 알게 됨은
스스로 두려움은 싹트는 것이니
거듭되는 경험에 익숙해지는 것,

자기 모습 내보여 존재를 느끼고
나약함과 함께 허탈감이 쌓여짐은
그래도 스스럼없구나

자신감은 이런 편협에서 벗어나
도전하는 지름길이 되었으니
존재를 고조시키는 것이기에
내 삶에 두려움은 없을지어다

6부

인정이 꽃피는 삶

웅봉산 개나리

산에는 봄 찾아 아장 아장
노란 언덕으로 하늘은 오르고
하늘 하늘 흐드러진 입술에
너만을 바라보는 순간을
행복한 눈으로 본다

봄을 맞는 아름다움,
하늘이 푸르러지니
노오란 언덕 언덕은 더 짙은 빛으로
소복이 부풀어 오르고
내 가슴속에 파고드는 그 전설이
너의 진실에 곱게 피어난다

내 모든 것을 내보이고 싶은
아련한 봄꽃이 되어
너의 곁에서 기쁨으로
그 움츠렸던 시간을 떨쳐버리리라
푸른 빛으로 날기 위해
오늘도 한껏 날개를 편다

여름의 길목

흔들리는 나뭇잎 따라
그리움이 다가오고
푸르른 숲속에 나서니
여름의 길목에 있음을 안다

까치들은 나뭇가지에
푸드덕 날아들고
여름은 앞산에 오는데
시커먼 구름과 함께
마파람을 만난다

여름은 들판을 지나 숲속에 다다라
여기저기 웅성 웅성
요란한 빗소리 천둥소리에
감자밭이랑 부풀어만 간다

제목 : 여름의 길목
시낭송 : 박영애
스마트폰으로 QR 코드를 스캔하면
시낭송을 감상할 수 있습니다.

상 념 (想念)

기다란 계곡 따라 길게 누워
속살 드러낸 지 얼마였는가,
마음까지 내보였는데
어떤 몸짓을 해야 되는지 알 길 없네

기다리고 기다리며
빗물에 휩쓸려 납작 엎드린 나를
오가며 철모른 가엾은 자들이
낙엽 지는 이 계절에 만나네

그들을 가슴에 안고 내일을 가니
모든 것 함께 가져 가려 하지
삼라만상 등에 업고 밤을 지새면
억만년 지난 뒤나 이 깊은 뜻 알게 되네
나도 그 곁에 머물러 잠 못 이루지,

내 집

베란다 창 쪽 산세베리아 화분은
매년 겨울이 되면 거실로 이사 한다

이게 웬일인가,
화분 바깥 양지쪽에 자리 잡고 자란 사랑초,
더부살이였나, 셋방살이였나,
요즘 집값이 워낙 비싸서 살집도 살 수 없고
맘에 드는 집을 얻기도 어렵다

대문 밖에 버려진 반쪽남은 깨진 종지에
작은 풀 한 포기 들어앉았다
들일 게 바람뿐인 독신, 차고도 넉넉하다
때론, 소라껍질도 집이 된다

내 집에서 숙식하고 숨 쉴 수 있다면 어떠랴,
몸 맡길 틈새만 있으면,

일상의 밀어(密語)

매일 나타나는 밀어는 어떤 길을 밟아
어느 곳에 머물까
어릴 적 놀던 곳이든 낯선 곳이든 상관없으리

변함없는 듯 세월 따라 외로움에
흘러가는 밀어는 모이고 흩어져
파도처럼 밀려오기도 하지

산천은 말 없고 고향은 모두 잠자고
그림자는 온데간데없이
하얗게 나부끼는 억새만
깃을 올리고 있다

밀어들은 쉬지 않아
어디론지 가려 한다,
기다리지 못해
황야를 가로지르는 무법자로
오늘도 떠난다

제목 : 일상의 밀어
시낭송 : 박순애
스마트폰으로 QR 코드를 스캔하면
시낭송을 감상할 수 있습니다.

나에게 아침은

아침이 있어 산다
저녁은 기다림이 있고 아침은
나를 반겨 좋다

아침을 맞으면 모든 것이 새롭고
기쁨에 가슴이 뛴다
무언가 바램이 있고 하루가 시작된다는
설레임이다

저녁은 나름에 안식과 나를
돌아볼 수 있어 좋다
마음에 쫓기는 것들을 끌어 담고
지금까지 못한 일들이 있어
후회의 올가미에 사로잡혀 있다

지난 그늘에서 새롭게 발견함은
나를 일으켜 주는 아침이 있어서다.
그때마다 행복과 고마움을 느끼고
일상의 길을 떠난다.

먼발치에서 본다

멀리서 바라본다는 것은 전체를 알 수 있고
가까이 바라본다는 것은 모두를 알 수 없습니다

세상을 살다 보면
너무 또렷이 보지 않는 것이 좋을 때가 많습니다
나이가 들면서 눈이 점점 보이지 않는 것도
대충 보라는 말이겠지요
너무 세세한 것까지 보는 것은 세상을 고달프게
살 수 있기 때문입니다

그림은 먼발치에서 전체를 봐야 그림에 나타난
구도와 흐름을 알 수 있습니다
꽃도 너무 가까이 보면
아름다움보다 안쓰러움을 보게 됩니다

사랑은 조급함보다 포용하여야 하고
먼발치에서는 그리움과 애틋함에
더 보고 싶고 가슴 저립니다

우리는 가까운 것만을 찾지 말고 조금 떨어진 곳에서
바라보는 것은 어떨런지,
지금보다도 더 사랑하고 아름답게 보기 위해,

봄 버들강아지 반긴다

얼어붙은 개울 물 천천히 흐르면
봄의 전령 바삐 찾는다.
봄기운이 만연한데
아장이는 노랑 강아지 털옷 벗을 날 다가온다

옷깃 움츠려 천진한 아가들처럼 서로 다투니
추위 아랑곳 숨어들어 은빛으로 비치며
살랑살랑 꼬리 흔들어 반긴다

어여쁜 귀염둥이 포근한 사랑을 안겨주고
공작 나래 화려함처럼 부푼 버들강아지
노란 솜털이 터질 듯 귀여워 붉은 입술 돋아나면
무지갯빛 화려함이 가득하다.

세상 비추는 거울처럼

이른 새벽 흠뻑 젖은 숲속 거미줄이 걸려 있다
세상을 비추는 거울처럼,
풍뎅이 한 마리 날아와 꼼짝없이 사지를 포박당한 채
발버둥 친다. 잘못도 없이,
주인은 어디서 기다리고 있나,

방아깨비 입에 문 사마귀 한 마리
거미줄 주변을 서성이며 연거푸 머리만 끄덕인다
이슬은 줄에 묶여 반짝인다
거미줄은 둥글게 그리며 사방으로 연결된다
이 거울엔 이 세상 모든 것을 비춰준다
햇살도 점차 강렬해지겠지

11월의 상념(想念)

여명을 헤집고
나무 계단 따라 오르면
밤새 머릿속을 어지럽혔던 꿈처럼
짙은 상념들이 나뒹굴고

오늘도 어김없이
그곳에서 그들을 밟으며
일상으로 들어가고 있다

푸른 빛깔이 한창일 때
모르고 지났던 것들
번개처럼 스쳐 갔던 추억들,

지나간 기쁨과 슬픔도
부끄러움마저도
결국 이렇게 떨어지고 마는 것을.

다시 돌고 돌아
이 시절이 된다 해도
오롯이
당신만을 생각하고 싶다

아무리
길어진 밤 상념들이 몰려와도
넉넉한 사랑과 기쁨으로 맞아야겠다.

제목 : 11월의 상념
시낭송 : 박영애
스마트폰으로 QR 코드를 스캔하면
시낭송을 감상할 수 있습니다.

143

예나 지금이나

새벽녘
허공에 들려오는 날카로운 소리
똑딱, 똑딱,
짜릿한 몸에 드리운 전율이
언제부턴가 커다랗게 들리고
뜬눈으로 새운 새벽에
하품으로 달래지만
애가 탄다

아침 녘
가까운 숲속 소쩍새 울음소리
소쩍, 소쩍,
이제 다시 만날 때까지
그 님은 찾아오고 떠나고
뜬눈으로 맞은 아침에
한숨으로 달래지만
목이 탄다

예나 지금이나
내 마음 깊은 골짜기 구석 구석
정이 흐른다
삶의 여정에 새바람이 분다

내가 아루는 성공(成功)

내가 가는 길목에 물이 차고
때로는 돌부리에 채여 넘어진 뒤
고인 물속에 비친 내 영상에
어둠이 깔려 당혹하게 한다

내가 너를 비추려 노을에 기대고
네가 나를 반기려 햇볕에 엎드려
내가 기다린 네가 내 앞에 웃음 주니
커다란 기쁨이라네

목표는 끝이 아니고 스스로 맞는
환희를 내 길목에서 찾아야 하는
어려운 숙제를 받아든 것일 뿐
이것이 내가 이루는 성공이 아닐까

무언의 폐차장

언제 태어나 길들여져
칸막이도 없는 마구간에 왔는지
맨몸으론 분간할 수 없다
지탱하는 힘으로 짐작할 뿐이다
그래도
험난한 길을 힘겹게 달리고
버틴 자이기도 하고
주인 잘 못 만나 태어나자마자
황천길을 달렸을지 모른다

병들어 몸져누워 있으니
수술을 할 수도 있었겠지만
가망이 없다고 진단을 내릴 수밖에,
마지막 수술환자를 위한 장기 제공은
얼마나 의미 있는 일인가
자상한 주인이었는지
서글픈 여린 자였는지
괴팍하고 종잡을 수 없는 자였는지
그것들은 모두 잊어라

무슨 죄가 많은지 납작 엎드린 채
말도 못하면서 안락사의 평정은
하루를 마감하는 장인처럼,
승천하려는 용감한 준마처럼,
마지막 생을 불사르기 위한
용트림일까, 기다림이랄까,

제목 : 무언의 폐차장
시낭송 : 박순애
스마트폰으로 QR 코드를 스캔하면
시낭송을 감상할 수 있습니다.

햇살과 여름 소리

억수로 넘쳐 흐르던 계곡마다
우왕좌왕, 휩쓸렸던 어리석음은
모두 떠났습니다

알몸은 깨끗한 열정으로 씻어
개울에 비추는 명경처럼
내 속살 비치니 속세가 투명하더이다

계곡에 나지막이 흐르는 소리
빛과 함께 찾아온 그 날처럼
애잔한 울림으로 귓가를 맴돕니다

몇 번이나 들어볼 수 있을까,
맑고 맑은 그 소리,
뜨거운 햇살과 차가운 그림자와 함께
내 영혼을 붙잡은 것이 되리니,
여름 소리여,

숲속 하늘을 보다

계곡 옆 바위에 드러누워
굴참나무 숲을 올려다보면
나뭇가지와 어우러진 잎 사이로 뻥 뚫린 궁륭은
커다란 성당이다

잎 사이 뚫린 창문에 빗겨 드는 햇살은
찬란하고 꾸밈없다
나무숲의 진솔하고 숭고함은
묵언으로 나무들이 어울리는 그 모습 때문이어라

그래서 오색딱따구리나 다람쥐들이
오래전부터 이곳으로 와 있었는지 모른다
나무의 숲은 영생이라는 신비를
품고 있는 것일까

그 늘

낮에만 소문 없이 왔다 가고
때론 기별 없이 오지도 않네요

봄엔 눈 뒤집어쓴 채로 함께 있고
아지랑이와 함께 꽃처럼 피네요
여름에는 사막에 오아시스가 있듯
우리에겐 없어선 안 될 존재라지요

가을엔 울긋불긋 나뭇잎에 물들며
그들의 안식처로 마지막 몸을 던지네요
겨울엔 흰 눈이 녹지 못해 쌓이고 쌓여
찬바람 쉼터가 되어 긴 몸을 뉘네요

그가 있음에 세상이 순수해지고
햇볕이 있음에 모두 살 수가 있네요
이따금 이곳에 자리 잡고
넓게 퍼진 그 가슴에 안겨
삶의 고뇌와 고달픔을 달래보네요.

여름과 모시

여름 색깔로 산뜻하게 태어났다.
언제나 햇빛은 달빛처럼
부드러운 마력이 감춰져 있다

보드라운 살결, 은은한 달빛처럼
까슬까슬한 소소리 바람이
살갗마다 살포시 깃든다.

바람을 몸 안에 듬뿍 낚아채
등줄기 타고 연신 흐르는
땀방울을 소리 없이 훔친다

너를 잉태하려면 입술이 허물고
손끝이 패이는 고통을 안기니
여름에 피는 아름다운 꽃이리라

철거덕,철거덕, 태어나는 소리
땀과 침, 눈물 없이 볼 수 없는데
품 안에 소소리바람이 머문다

마음에 내리는 비

비가 내린다 세차게, 세차게,
들에도 숲에도, 강이나 바다에도 내리겠지,
세찬 빗줄기가 내 쉼터와 언덕의 부랑아가 되어
마구잡이로 나뒹군다

비는 들길에서 숲길까지 달리다
땅에 박힌 돌이라도 만나면 내 가슴 한켠
마구잡이로 잡아 사정없이 할퀸다

오르막길에서도 쏟아지는 빗줄기 맞으며
깊숙이 자리 잡은 미움과 갈등을 씻어 버리고
화해와 평온으로 되돌린다

오랜 가뭄을 말끔히 끝내고 이 비를 맞으면
정성껏 파종한 씨앗이 눈떠 풍요로운 결실로
맺을 것이다

나무와 그림자를 보라

그들은 옆에 있는 자를 의식한다
언제라도 연약한 모습을 보이면 매정하게
자리를 차지한다

옆에 있는 나무는 그림자로 견주며 자란다
그림자를 키우기 위해
두 팔도 뻗고 잎도 무성하게 한다

홀로 있는 자보다 여럿이 함께 있는 자가
더 크게 자란다
서로 경쟁하기 때문일 것이다

이 세상 살아가면서 서로 경쟁한다는 것을
그들은 그림자로 표현한다
산다는 것은 서로 다투는 일,
그림자로 안다

아버지 등을 밀 때

아버지는 언제나 시골을 좋아하셨다
내가 조그만 아파트에 이사 온 뒤
처음 아들 집에 오셨다
건강이 좋지 않으실 때인지라 염려스러웠다.
기력이 많이 없어진 아버지를 모처럼 깨끗이
씻겨 드리려고 욕조에 물을 받아
등을 밀고 온몸을 씻겨 드렸다
'애야, 참 좋다, 네가 언제까지 내 등을
밀어줄 수 있을지 모르겠다'

나는 이런 아버지가 계신 것이
얼마나 행복한지 모른다
아버지의 몸은 야위고 늙으셨다
얇아진 등을 밀며 안타까웠다
이런 아버지가
'언제까지 옆에 계실 수 있을까' 서글프다
언제나, 아버지는 자식과 자식은 아버지와
영원히 함께할 줄 알았다

지금은 등 밀 아버지가 계시지 않는다
어릴 적 어머니께서 생전 처음
시내 목욕탕에 오셨을 때 생각난다
'이렇게 몸이 날아갈 것 같은 건 생전 처음여'
그때를 생각하면서
꽉 막혀 물방울 맺힌 목욕탕 천장만 쳐다본다
눈시울이 뜨거워짐을 느낀다.

미륵산 정상에서

케이블카를 앞에 당기고
산 밑을 굽어보는데
먼발치 아래 옹기종기 모여 있으니
바다에 앉히고 내 몸 뉘어 네 반긴다

밀려오는 파도는 수많은 섬들을 감싸고
쇠락하는 나라 위해 바닷길 터주어
구국의 기백을 새겼구나

세월에 기품이 배어 이곳을 움켜쥐고
단단히 매었다
올망졸망 작은 표징들이 너울져 모여드니
아직도 사납기만 한데
가파른 미륵산 등선을 힘껏 잡는구나

산 책 길

강 바람, 찬 바람이
추억의 오솔길에 퍼져오는데
따스한 햇볕과 햇살의 퍼짐에
천천히 산책길에 나선다

귓가에 울리는 낯익은 금속 소리
내 곁 가까이 들리고
바람의 흐름길에 정답게 가누나

언젠가 한 번쯤 왔던 길인데
지난 발걸음을 되새겨 보면
다정했던 그 사람이
노을 속에 미소 띠며 손짓한다

이 산책길은
내 세월의 여정 속 새 전환점으로
다가옴이 자연스러울지 몰라
이 기다림의 기대와 함께
어제도 오늘도 걷고 또 걷는다

사랑하는 미코와 로즈

이 세상에 살아 있는 자는
기쁨과 슬픔이 눈에 있음을 너를 보면 안다.

곁을 떠난 후 홀로 바닥에 주저앉아
허공을 물끄러미 응시할 때
그 슬픈 눈동자를 생각한다
슬픔은 돌이킬 수 없는 자신만의 위안일까

옆에 돌아온 뒤 덥석 반갑게 안겨
반가움을 말하려 꼬리 흔들 때
그 기쁜 눈동자를 보았다
기쁨은 돌려줄 수 없는 자신만의 만족일까

자기 자신의 운명에 순응하고
만남을 커다란 기쁨으로 알고
때때로 혹독한 설움을 몸소 받아들이는
그 또한 운명이 아니던가

언제나 기다림에 길들여진
사랑스런 나의 반려자,
너와 함께 있는 순간엔 안식과 기쁨만 바랄뿐,
사랑하는 미코와 로즈 곁에서,

마음을 덧대자

밤사이 혹한에 움츠린 모든 것
아침을 맞는 마른 잎사귀들
어둠이 가시는 희미한 몸짓들
오늘뿐인가

사시사철 찾아온 햇빛, 달빛
피고 지는 잎과 꽃, 빗줄기 끝에
겨울은 매번 하얗게 오는데

추워지면 한 해가 지나고
왠지 님을 떠나 보낸 휑함은
오늘뿐인가

마음과 마음을 덧대고
또 덧대는 일
오늘뿐인가, 내일도 이어질까,

사랑한 만큼 꽃은 피는가

윤무중 시집

초판 1쇄 : 2018년 7월 6일

지 은 이 : 윤무중

펴 낸 이 : 김락호

디자인 편집 : 이은희

기 획 : 시사랑음악사랑

인 쇄 : 청룡

연 락 처 : 1899-1341

홈페이지 주소 : www.poemmusic.net

E-Mail : poemarts@hanmail.net

정가 : 10,000원

ISBN : 979-11-6284-024-5